LA BALLADE
DE SAMMY SONG

Pour Raphaëlle et Hélène
Merci à Cécile

Avis aux lecteurs

Vous êtes nombreux à nous écrire
et nous vous en remercions.
Pour être sûrs que votre courrier arrive,
adressez votre correspondance à :

Bayard Éditions Jeunesse
Collection Cœur Grenadine
3 / 5, rue Bayard
75008 Paris.

Cœur Grenadine

LA BALLADE DE SAMMY SONG

MARIE-AGNÈS VERMANDE-LHERM

BAYARD JEUNESSE

BIOGRAPHIE

Petite fille, Marie Vermande-Lherm voulait devenir « écrivaine ». À l'époque, le mot faisait sourire. Aujourd'hui, après de longues études de grec et de latin, une dizaine d'années d'enseignement et trois bouts de chou, elle réalise son rêve. Quant au mot « écrivaine », il est entré dans le dictionnaire !

Loi n° 49-956 du 16 juillet 1949
sur les publications destinées à la jeunesse
Dépôt légal mars 2002

ISBN : 2 747 005 58 5

Chapitre 1

Sammy Song, je n'ai pas seulement tous ses disques. Je sais TOUT de lui. Depuis le titre de ses premiers succès, quand il chantait encore avec les Caravanes, jusqu'à sa marque de soda préférée. Tout ! J'ai même acheté un album à collectionner les cartes téléphoniques, dans lequel je glisse les plus petites photos, les plus minuscules articles qui le concernent et que je découpe dans les journaux. Ma sœur aînée, Laura, est

tombée dessus l'autre jour en fouinant dans mes affaires (comme d'habitude). Elle est partie d'un grand éclat de rire et m'a jeté au nez son commentaire : « Ridicule ! »
Sammy Song est tout sauf ridicule. C'est un grand guitariste, et surtout il écrit les plus belles chansons du monde. Quand tout va de travers pour moi – comme en ce moment – je m'enferme dans ma chambre, je branche mon casque sur ma chaîne hi-fi, j'éteins la lumière et… je décolle. Si je suis en colère, j'écoute « Monde à vendre », avec ses gros solos de basse. Si j'ai le moral à zéro, c'est « Sales nuages ». Et quand mes treize ans me pèsent, quand je me sens seule et que j'en ai assez d'attendre un prince charmant qui n'arrive pas, j'ai le choix entre mille et une chansons d'amour. Bien sûr, neuf fois sur dix, je suis interrompue dans mon beau voyage par Laura (ou maman, ou papa, ou mon grand frère Julien), qui ouvre la porte d'un coup (bonjour la lumière !) pour m'annoncer que le dîner est prêt ou me demander ce que j'ai fait du shampooing… Les joies de la vie de famille !
La seule chose qu'on puisse à la rigueur

critiquer, chez Sammy Song, c'est son nom. Enfin, son pseudonyme, plutôt. J'ai lu je ne sais plus où que c'est sa maison de disques qui lui a imposé de prendre un nom américain, à ses débuts. Pour séduire un public «jeune». N'importe quoi ! Je reconnais que son vrai nom n'est pas follement original ; d'ailleurs, la presse ne le cite plus jamais : Samuel Leroux. Mais je l'aime bien, ce nom. Moi, au collège, il y en a parfois qui m'appellent «la rousse». Pas Ludivine, pas Lulu, juste «la rousse». Alors, Leroux et la rousse...

Ben oui, je suis rousse. Pas franchement carotte, mais vraiment pas châtain. Vous allez me dire : Qu'est-ce que ça peut faire ? Ça n'empêche pas d'être jolie. Maman, par exemple, me répète toujours :

– Tu n'es pas rousse, tu es auburn. Il y a des tas de femmes qui dépensent des fortunes chez le coiffeur pour avoir ta couleur de cheveux, tu sais !

Quant à papa, dès que je commence à pleurnicher à propos de ma tignasse, il me dit en riant :

– Ne pleure pas, mon petit écureuil ! Viens que je te donne une noisette !

Et comme il dit ça avec des petites étincelles dans les yeux et son gentil sourire taquin, je n'arrive pas à me fâcher, et je finis par rire avec lui.
Sammy Song, lui, est blond – mais d'un vrai blond, pas comme ces oxygénés qui se planteraient des géraniums sur la tête si c'était à la mode ! Il a les cheveux plutôt longs, un peu décoiffés, mais ça lui va bien. Et puis des yeux magnifiques, bleus comme de l'eau de piscine. En fait, ce n'est pas facile de définir ce qui le rend si adorable. C'est une façon de se tenir, de bouger, de regarder. Un sourire, à la fois doux et amusé, inimitable…
Alors, avec tout ça, dites-moi comment j'ai pu rater l'affiche !
Une affiche énorme, au moins deux mètres de haut, et juste en face de la sortie du collège, en plus !
Je devais marcher le nez sur mes chaussures, comme d'habitude. Sammy, en concert dans notre petite ville, j'en rêvais depuis des mois. Je savais qu'il avait commencé une tournée acoustique, dans de petites salles, pour retrouver un peu d'intimité avec son public. Mais je n'aurais

jamais imaginé qu'elle s'arrêterait chez moi ! Ce sera samedi 8 juillet... et moi, je serai à cinq cents kilomètres de là. Chaque fois que j'y repense, il me vient des envies de pleurer – ou de mordre, au choix.
Bon, j'explique.

Quand je suis rentrée du collège, hier soir, maman m'a appelée dans son bureau tandis que je commençais mon goûter. J'arrive, ma tartine à la main :
– Salut, Maman. Bonne journée ?
– Pas mauvaise du tout. Viens me faire une bise, et je te raconte. J'ai quelque chose à te dire qui va t'intéresser.
– Je vais te mettre du chocolat partout, je te préviens !
Maman pointe son index sur sa joue d'un air faussement sévère :
– Ludivine, j'ai dit : bisou !
Elle ne peut pas se passer des baisers de sa grande fille ! J'ai beau lui dire que je ne suis plus un bébé, il lui faut sa dose de mamours quotidienne. J'ai seulement réussi à la limiter un peu en public. Je l'embrasse donc et l'interroge sur cette grande nouvelle.

– Voilà. Tu m'as dit cent fois que, cette année, tu aimerais bien partir un peu seule en vacances, comme Julien et Laura, avant qu'on se retrouve tous à la mer. Je reconnais que ces semaines de juillet où tu tournes en rond à la maison, sans ton frère et ta sœur, ne sont pas très drôles pour toi.
– Tu l'as dit !
– Alors, j'ai une proposition à te faire. Mon amie Michèle, qui s'occupe d'adolescents sourds et malentendants, organise un camp de vacances…
Maman n'a pas pu continuer, parce que je me suis à moitié étouffée avec ma dernière bouchée de tartine, et elle a dû me taper dans le dos pendant trois minutes avant que je retrouve mon souffle. Enfin, rouge et larmoyante, j'ai réussi à articuler :
– Tu veux m'envoyer dans une colonie de vacances pour sourds ? Dis-moi que je n'ai pas bien compris !
Maman n'est pas du genre à s'inquiéter pour si peu. Elle a repris ses études de psychologie depuis deux ans – depuis que j'ai « moins besoin d'elle », comme elle dit –, et elle est si douée qu'elle arriverait à raisonner un canari.

– Ma divine Lulu, écoute-moi avant de t'indigner. Michèle veut tenter une expérience. Pour ces gamins, partir entre handicapés est un peu déprimant. D'un autre côté, ils auraient du mal à s'intégrer dans des camps d'ados ordinaires. Les activités ne sont pas toujours adaptées à leur cas. Enfin, bref, son projet est que des jeunes handicapés constituent une moitié du groupe, et que l'autre moitié soit composée de jeunes entendants.

À ce moment-là, maman m'a regardée droit dans les yeux, d'un air que je connais bien et qui signifie que je ne dois pas la décevoir, et elle m'a dit :

– Michèle a du mal à trouver des jeunes entendants pour les accompagner. Il semble que les ados ne veulent pas être envoyés dans « une colonie de vacances pour sourds »...

Message reçu. Maman avait fait mouche, comme toujours. Elle a continué plus légèrement :

– Ça se passe dans le Lot, pas très loin des monts d'Auvergne. Vous serez logés dans un château. Il y a une piscine, des courts de tennis, une rivière. Mais les activités seront plutôt du genre théâtre et vidéo, si j'ai bien compris. Enfin, bon… réfléchis-y.

J'ai pris mon air le plus mûr, et j'ai répondu :

– J'y réfléchirai.

J'ai quitté son bureau dignement. En réalité, ma décision était déjà prise. C'était oui. Je me souvenais de ce mois de juillet passé en ville, l'été dernier : les parents encore au travail, mes aînés partis dans la nature, et plus aucune copine à qui téléphoner… L'ennui total.

Le soir même, après dîner, on a appelé la fameuse Michèle pour lui dire que j'acceptais. Elle était vraiment contente, et m'a remerciée vingt fois de ma gentillesse. Et juste quand on raccrochait, le téléphone a sonné. C'était Camille, ma meilleure copine :

– Lulu ! Alors ! Tu as vu ?

– J'ai vu quoi ?

– Mais enfin ! L'affiche ! L'affiche !

Et voilà.

Sur le coup, j'ai essayé de négocier avec maman, je l'ai suppliée de rappeler Michèle pour annuler, mais elle n'a rien voulu savoir. Elle m'a même dit :

– Ce genre d'enfantillage, ce n'est pas digne de toi. Je te croyais plus raisonnable. Un concert de Sammy Song, un enfantillage ? Maman a beau être plutôt cool comme mère, là, elle n'a rien compris. Pour finir, j'ai refusé de dîner, je suis montée dans ma chambre, et j'ai mis « Monde à vendre » sur ma chaîne, à fond sans le casque, histoire de leur faire comprendre que j'existe, et qu'on ne peut pas choisir ma vie à ma place.
Ce matin, au petit déjeuner, comme j'étais un peu calmée, maman m'a proposé d'aller faire les boutiques pour me choisir un joli maillot de bain (celui de l'an dernier a l'air d'un habit de poupée, tellement j'ai changé). J'ai accepté du bout des lèvres. Finalement, on a acheté un petit maillot une-pièce fleuri très mignon, mais ça ne m'a pas vraiment consolée. (Je ne mets jamais de deux-pièces. Je n'arrive pas à bien bronzer, et avec mon ventre tout blanc, en deux-pièces, j'ai tout d'un poisson en bikini.)
J'ai déjà préparé mon sac « anti-déprime » : mon baladeur, les trois derniers CD de Sammy, une provision de caramels cho-

colat-menthe (les meilleurs du monde) et mon Clochard, un chien en peluche minable dont je n'arrive pas à me séparer depuis l'âge de dix-huit mois. Avec ça, je devrais tenir le coup.

Chapitre 2

Les derniers jours de cours n'ont pas été très gais. Le conseil de classe était passé depuis une semaine, et on nous a obligés à venir encore au collège ! Seule bonne nouvelle : je passe en cinquième avec les encouragements. (J'ai raté les félicitations à cause de ce chameau de prof de physique.) Camille et les autres n'arrêtaient pas de parler du concert, de ce qu'elles mettraient comme tenue… J'en étais malade ! Quant à Quentin Joubert, un garçon de troisième à qui j'ai pas mal pensé cette année, je l'ai vu partir sur son scooter avec une grande blonde derrière lui, qui le ceinturait amoureusement. Il entrera au lycée l'an prochain. Bref, encore un prince charmant qui disparaît de ma vie et je n'ai même pas eu le courage de lui demander l'heure une fois dans l'année.

Maintenant que la déception est passée, j'avoue que je suis assez excitée par ce départ. C'est la première fois que je m'éloigne autant de la maison, et pour deux longues semaines. Mon record, c'était six jours chez Mamie Pensec, en Bretagne... Il me semble que mes parents – Papa surtout – sont plus inquiets que moi de cette séparation. Toute la semaine, j'ai bien vu que leurs sourires, leurs promesses de vacances « géniales » étaient un peu forcés, comme s'ils essayaient de se convaincre eux-mêmes qu'ils avaient fait le bon choix.

Quant à Julien et Laura, ces débiles, leur grand jeu consiste à répondre : « Quoi ? Hein ? » à tout ce que je leur dis, en mettant la main en cornet à leur oreille. Chaque fois qu'ils réussissent à me piéger et à me faire

répéter, ils dansent de joie. Et dire que c'est moi qui suis, paraît-il, dans l'âge bête !
– Tu sais, dit maman, ça leur fait un drôle d'effet de voir leur « petite Lu » gagner sa liberté. C'est comme s'ils avaient vieilli, eux aussi. Alors, ils se moquent gentiment, pour se rassurer.
Je ne sais pas si elle a raison, ma maman-psy. Mais c'est vrai qu'au moment des au revoir, à la maison, Laura m'a serrée dans ses bras comme ça n'était pas arrivé depuis bien longtemps, et elle m'a dit trois fois de prendre soin de moi. Quant à Julien, il a bien voulu lâcher son ordinateur pour me faire la bise – événement rare depuis qu'il surfe sur Internet.
Moi, au milieu de toutes ces émotions, je me sentais un peu étrangère à ce qui se passait. Papa et maman m'ont conduite en voiture à Paris, au lieu de rendez-vous. Un trajet long et silencieux.
Et puis il a fallu monter dans le car. Quand je me suis retournée une dernière fois vers papa et maman, qui se tenaient par les épaules, comme en cas de coup dur, j'ai senti mon nez et mes yeux se gonfler de larmes, et j'ai bien cru que j'allais me

mettre à sangloter comme une bécasse. Enfin, j'espère que personne n'a rien vu.

Alors voilà, c'est parti. Le temps est splendide, et il n'y a pas grand-monde sur l'autoroute. Je suis assise à côté d'un garçon de mon âge, plutôt mignon. Il est plongé dans une B. D. depuis le départ. Impossible de savoir s'il entend ou pas, et ça me coince complètement. Les moniteurs nous ont tous présentés une fois qu'on a été installés dans le car. Michèle faisait un appel des prénoms, à haute voix, et à côté d'elle, une monitrice les répétait avec ses mains, en langage des signes. Alors, chacun se levait, faisait un petit coucou. Mais presque personne n'a parlé. Pour finir, Michèle a dit, toujours « doublée » par l'autre monitrice :

– J'aurais pu choisir de préciser, après chaque prénom : « sourd », ou « entendant », ou encore « entendant mais complètement bouché »…

Il y a eu quelques rires timides. Elle a continué en souriant :

– J'aurais pu aussi décider de vous mettre en uniforme. Les sourds en vert pomme, et les entendants en jaune citron. Ça aurait fait gai.

Les rieurs étaient un peu plus nombreux, cette fois.
– Mais, finalement, je crois que le mieux, c'est que vous vous découvriez par vous-mêmes. Vous venez des quatre coins de la France, vous ne vous connaissez pas, mais vous allez vivre deux semaines ensemble. Alors, laissez tomber la timidité, et bonne route !

« Laisser tomber la timidité », c'est vite dit. Autour de moi, c'est vrai que certains commencent à bavarder, à rigoler ensemble. Je jette un œil à mon voisin. Il est vraiment mignon. Des cheveux châtain clair, bouclés, un visage sérieux. Il faudrait trouver une entrée en matière. Le questionner sur son livre, ou lui proposer un chewing-gum... Mais je sais bien que je ne ferai rien : parler la première à un garçon, c'est au-dessus de mes forces.
Heureusement, une fille devant moi se retourne. Elle est brune, ravissante, frisée comme un mouton, et elle a un accent du soleil qui met tout de suite en confiance :
– Salut ! Alors, t'es une entendante ?
– Ben oui.

– Tant mieux ! La fille à côté de moi essaie de me parler depuis tout à l'heure. Elle articule mal, c'est une horreur. Je comprends un mot sur dix… C'est tes parents qui t'ont forcée à venir, toi aussi ?

Je ne sais pas trop quoi lui répondre.

– Oui, plus ou moins.

– Moi, je leur ai fait une vraie crise quand ils m'ont inscrite ! Mais ils n'ont rien voulu savoir… Dis donc, il est drôlement mignon, ton voisin, là !

Effrayée, je regarde le garçon. Il n'a pas réagi.

– Ne t'inquiète pas, il n'entend rien du tout. On peut raconter ce qu'on veut… Je m'appelle Margaux, et toi ?

– Ludivine.

– Ravie de te rencontrer, Ludivine. Bon, excuse-moi, faut que je retrouve ma passionnante voisine !

Margaux fait une grimace très réussie et se rassoit. Sympa, cette fille. Enfin… en tout cas, elle a l'air gaie, et on ne doit pas s'ennuyer, avec elle. D'un autre côté, je me demande ce que mes parents diraient de sa façon de parler des sourds.

Mon voisin a levé les yeux de son album, et

je lui souris. Je me sens un peu honteuse, je ne sais pas bien pourquoi.

Je me suis endormie peu après la pause déjeuner, et je commence juste à émerger. Le car est assez silencieux. Beaucoup d'entre nous ont changé de siège, et la disposition des places commence à ressembler à ce que craignait Michèle : les sourds d'un côté, les autres de l'autre. Pour ma part, je n'ai pas vraiment eu à choisir : Margaux s'est assise à côté de moi sans rien demander à personne. Pendant le pique-nique, sur l'aire de repos, nous avons un peu bavardé. À l'écart du groupe, elle nous à fait une imitation de sa voisine à se tordre. Je lui disais : « Arrête, c'est vache ! » toutes les cinq minutes, mais je ne pouvais pas m'empêcher de rire. Il faut dire que j'avais bien besoin de me vider du stress du départ.
– Eh bien ! T'as fait un gros dodo ! dit Margaux. Il paraît qu'on va bientôt arriver.

Nous avons quitté l'autoroute, et le car peine dans les virages en lacets d'une départementale. Certains se plaignent d'avoir mal au cœur, d'autres d'avoir faim :

il est temps que le voyage se termine.
Enfin, notre car passe une haute grille noire, et nous nous engageons dans une allée bordée d'arbres. Au bout, un magnifique château apparaît. Malgré les protestations des moniteurs, tout le monde se lève et se bouscule dans l'allée centrale pour mieux voir.
Quand les portes s'ouvrent, c'est la ruée; on s'exclame, on s'étire. Michèle a beau crier ses instructions, personne n'écoute. On se jette sur les sacs à dos, que le chauffeur sort un par un des coffres. Je crois reconnaître le mien, un rouge, et m'apprête à le prendre. Mais un coup d'œil sur l'étiquette me signale mon erreur: Benjamin Leroux.
Je me redresse, et je tombe nez à nez avec mon voisin de car. Il a l'air encore plus gêné que moi. Je montre le sac du doigt, puis je le désigne, lui, et il me fait « oui » de la tête. Nous nous sourions tous les deux franchement.
– Il est encore mieux quand on voit ses dents ! s'exclame Margaux, qui m'a rejointe. C'est vraiment dommage qu'il ne soit pas normal.

Et elle lui fait sa plus charmante risette. Cette fois, sa réflexion m'énerve. Mais Benjamin, encouragé, essaie de parler.

– Je suis malentendant, explique-t-il d'une voix confuse et hésitante.

Margaux se retourne et me souffle en pouffant de rire :

– Pas possible ? On n'aurait pas deviné !

Lâchement, je lui souris.

Chapitre 3

Benjamin Leroux. Sur le coup, je n'ai pas réalisé, et maintenant je ne pense qu'à ça. J'essaie de me raisonner, de me dire que c'est une coïncidence, qu'il y a des milliers de Leroux en France qui n'ont rien à voir avec Sammy Song… Rien n'y fait.

Les trois filles avec qui je partage ma chambre sont encore à la douche. J'ai pris la mienne en vitesse. Je veux avoir assez de temps pour voir Michèle avant le dîner.

Elle saura bien me renseigner.
Je sais, le plus simple serait d'aller lui demander à lui, à ce Benjamin, s'il est de la famille de Sammy. Mais comment? En me plantant sous son nez et en articulant comme une débile? Et puis, entendre de nouveau sa drôle de voix, je n'y tiens pas.
Je trouve Michèle aux cuisines, où elle se débat pour organiser le repas.
– Salut, Ludivine! Tout va comme tu veux?
– Oui, très bien. Dis-moi, je...
Vite, trouver un mensonge:
–... Je me suis trompée de sac à dos. J'ai pris celui d'un certain Benjamin Leroux. Tu vois qui c'est?
– Benjamin? Ce n'est pas un garçon de mon centre, il vient de Paris. Il est au troisième étage, dans les chambres mansardées.
– C'est drôle, il a le même nom qu'un chanteur...
– Je sais. Sammy Song. C'est son petit frère. Mais il préfère que ça ne se sache pas trop.
Il me semble que je vais m'évanouir sur le carrelage de la cuisine. Michèle continue à

me parler, mais je ne l'entends même plus. Le petit frère de Sammy, ici, sous le même toit que moi ! Je bafouille des remerciements et file dans la chambre comme un zombi.

Margaux est revenue de la douche. Les deux autres filles aussi. Elles discutent entre elles en langue des signes et ne nous prêtent aucune attention.

– Où est-ce que tu te cachais ? demande Margaux en me voyant.

Je sens bien que je ne devrais rien dire de ma découverte à ma nouvelle camarade. Mais si je ne parle pas à quelqu'un, je crois que mon cœur va exploser.

– Tu connais Sammy Song ?

– Évidemment, je le connais ! J'adore.

– C'est vrai ? Tu aimes ses chansons ?

– Ses chansons ? Comme ci, comme ça. Un peu trop intello. Mais lui, en tout cas, il est beau comme un dieu. Pourquoi ?

– Écoute, c'est incroyable : tu vois le garçon qui était assis à côté de moi dans le car ? C'est son frère ! Michèle vient de me le dire.

Margaux reste bouche ouverte. La pile de T-shirts qu'elle était en train de déballer de

son sac dégringole de ses mains.
– Sérieux ?
Elle réfléchit un instant et continue sur un ton plus posé :
– Eh bien, ma vieille, il ne faut en parler à personne d'autre. Toi et moi, on va le chouchouter, ce petit frère ! Et je te parie qu'avant la fin du séjour on sera tellement copines avec lui qu'il nous invitera à finir l'été chez le beau Sammy Song ! Et youpiii !
Margaux jette en l'air ses T-shirts multicolores, l'un après l'autre, comme un feu d'artifice. Elle est trop drôle. J'empoigne les miens et les lance à mon tour vers le plafond. Et j'ai un feu d'artifice dans le cœur.

Le petit déjeuner se termine. Margaux a réussi à réunir autour d'elle la plupart des garçons entendants du groupe, et notre tablée est sans doute la plus bruyante, et la plus joyeuse. Certains, mal accompagnés à leur goût, nous jettent des regards envieux. Moi, je ne parle pas beaucoup, mais je profite de l'ambiance. C'est souvent ma façon d'agir, et ça me convient. Quand on est rousse comme moi, on se fait déjà assez remarquer par ses cheveux. Pas la peine d'en rajouter.

Michèle demande le silence :

– Écoutez-moi. Je prévoyais un peu que vous auriez du mal à vous mélanger. Mais je ne pensais pas que ce serait à ce point. Alors, dès demain, nous commencerons des activités communes. Je vous demanderai de former des groupes « mixtes », de quatre ou cinq. Si vous n'y arrivez pas, je m'en chargerai. En attendant, rendez-vous à la piscine dans un quart d'heure !

Dans un brouhaha de commentaires et le vacarme des chaises qu'on repousse, tout le monde commence à sortir de table. Margaux me souffle :

– C'est notre chance. Laisse-moi faire.

Benjamin est en train de ranger son bol dans les casiers à vaisselle. Elle lui tape sur l'épaule.

– Salut ! dit-elle en articulant bien une fois qu'il s'est retourné.

– Sa-lut.

– Tu veux être dans notre groupe ?

Cette fois, elle a parlé trop vite. Benjamin la regarde en fronçant le sourcil. Il n'a rien

dû comprendre. Margaux se tourne vers moi et dit entre ses dents :
– Ça ne va pas être de la tarte !
Puis elle reprend, avec de grands gestes :
– Toi vouloir faire groupe avec gentilles entendantes ?
Quelques garçons de notre tablée, qui nous ont rejoints, commencent à rire discrètement. Je me sens vraiment mal à l'aise. Alors, j'ose quelque chose dont je ne me croyais pas capable. Je me mets bien en face de Benjamin, je refais lentement les gestes de Margaux pour nous désigner tous les trois, puis je montre trois doigts, et en même temps je lui demande :
– Toi, moi et Margaux, nous pouvons être dans le même groupe ?
Cette fois, il a compris. Il sourit, dit oui, et nous demande d'attendre d'un geste de la main. Il part trouver deux filles qui traînent encore à table – ce sont justement nos compagnes de chambre – et leur signe rapidement quelque chose. Elles hésitent, puis finissent par accepter. Il se retourne vers nous et montre ses cinq doigts ouverts. Nous hochons la tête vigoureusement.
– Joli coup, Ludivine ! me félicite Margaux.

Je ne la regarde pas. Mes yeux sont restés accrochés au regard de Benjamin. Ses yeux sont du même bleu que ceux de Sammy Song.

Je redoutais un peu l'épreuve du maillot de bain. Ce n'est pas que je sois mal fichue, mais je me demande parfois à qui est ce corps qui m'est tombé dessus cette année. Est-ce que j'avais besoin de ces seins de pin-up, je vous le demande ! J'ai beau tirer sur mon maillot, ils sont là, et bien là. Avec mes jambes pleines de bleus et mes gros genoux, le contraste est plutôt bizarre. Heureusement, j'ai un immense drap de bain cache-misère. Je me l'enroule autour du corps et me décide à rejoindre la piscine. Les autres y sont déjà depuis un moment ; c'est que je n'ai pas osé faire mes essayages devant Margaux. Son joli petit corps bronzé ne doit lui causer aucun complexe, à elle.
Gagné. Quand j'arrive à la piscine, Margaux est déjà en pleine séance de bronzette, à plat ventre sur les dalles, le haut du bikini dégrafé. Je m'assois à côté d'elle et regarde autour de moi, cachée derrière mes lunettes de soleil.

Nous sommes plusieurs à jouer les rouleaux d'essuie-tout dans nos serviettes de bain. Si on ajoute celles qui ont mis un paréo et celles qui ont carrément gardé leur T-shirt, on ne peut pas dire que ce soit le grand déshabillage ! Pourtant, le soleil brille largement, et l'eau fait délicieusement envie…

Je remarque tout à coup que les seules filles qui semblent s'amuser sont des malentendantes. Pour la plupart, elles s'ébattent dans l'eau en poussant des cris joyeux, plongent, rigolent. Avec les garçons, elles ont mis à l'eau un énorme crocodile gonflable, et s'essayent à toutes les acrobaties possibles dessus.

Une longue éclaboussure vient arroser Margaux, qui sursaute.

– De vrais gamins…, grogne-t-elle en se rallongeant.

Peut-être. Mais eux, au moins, ils ne s'ennuient pas.

Voilà justement Benjamin qui sort de l'eau. Il est plutôt musclé. Le soleil luit sur sa peau toute dorée. Le rire aux lèvres, il met un doigt sur sa bouche en me regardant, et s'approche à pas de loup de Margaux.

Penché au-dessus d'elle, il s'ébroue, en secouant ses boucles pleines d'eau sur son dos brûlant. Margaux pousse un cri de souris ; j'éclate de rire.

– Et ça t'amuse, en plus ! s'écrie-t-elle, indignée.

Benjamin me tend la main. Apparemment, il ne comprend pas que nous ne profitions pas de la piscine.

– Vas-y ! dit Margaux. Ne commence pas à le contrarier.

Je débobine rapidement mon drap de bain et, en une seconde, je suis à l'eau. Quel délice ! Faire la planche, regarder le ciel, sentir l'eau fraîche sur ma peau… Au fond de moi, j'entends une petite voix murmurer : « Merci, Benjamin. »

Chapitre 4

Finalement, à peu près tout le monde a réussi à s'intégrer à un groupe. Michèle nous a répartis après déjeuner dans différents ateliers ; par chance, c'est l'activité « danse et musique » qui nous a été proposée.

– Activité musique ? Avec des sourds ? m'a chuchoté Margaux. Elle perd la tête, la Michèle !

Nous sommes deux groupes de cinq à composer l'atelier, dont plusieurs garçons avec qui nous avons encore déjeuné. Ils sont collés à Margaux comme des abeilles à un pot de miel ! C'est Alain, un moniteur assez sympa, qui anime l'équipe. Il parle et signe en même temps. Il nous dit de le suivre, et nous passons dans une grande salle du château, au rez-de-chaussée. Il y a du parquet au sol, des boiseries magnifiques et des lustres en cristal énormes au plafond. De grandes portes-fenêtres ouvrent sur le parc. Un vrai décor pour le bal de Cendrillon ! Détail plus moderne : quatre grosses enceintes noires sont disposées à même le sol aux coins de la pièce.

– Super ! On va faire la fête ! s'écrie Margaux.

Elle commence à se déhancher au milieu de la salle en chantant un tube à la mode dans un micro imaginaire. Dans son short en jean, avec son top minuscule, elle est vraiment craquante. Je remarque que Benjamin la regarde avec admiration, comme les autres garçons. Va savoir pourquoi, ça me donne le cafard.

Alain l'interrompt en frappant dans ses mains :

– Bon. Vous croyez peut-être que la musique, c'est seulement fait pour être écouté, et que le plaisir de danser n'est pas pour tout le monde. Vous allez voir que non ! Pour commencer, on va tous s'allonger par terre, bien se détendre, fermer les yeux et écouter. À mon signal, vous vous lèverez, et vous danserez. Et interdiction d'ouvrir les yeux !

Intriguée, je m'allonge. Une intro à la basse commence. Le son est très fort, mais sans être gênant. Bientôt, la batterie impose son rythme. Je sens le parquet vibrer sous mon dos, légèrement.

Au bout d'un moment, Alain me touche le pied. C'est le signal. Obéissante, je me lève, les yeux fermés, et je commence vaguement à bouger. Petit à petit, la musique m'entraîne, et mes mouvements deviennent plus francs.

De petits gloussements, des reniflements discrets me sortent de ma concentration. J'ouvre les yeux. Assis par terre, Margaux et sa petite cour essaient d'étouffer un fou rire. Alain, tourné vers la chaîne, ne s'en est pas aperçu. Margaux me montre du doigt le reste du groupe. Les yeux fermés, sans

retenue, ils dansent. Et ils dansent vraiment, de tout leur corps.
– On dirait des dingues ! souffle Margaux.
J'hésite avant de prendre parti. Je regarde Benjamin. Moi, je trouve qu'il danse bien. Il a un sens du rythme vraiment incroyable. Cette fois, c'est décidé, je ne me rangerai pas à l'avis de Margaux :
– C'est vous qui êtes débiles.
Margaux encaisse le coup. Elle ne rit plus. Elle se lève sans un mot et se dirige en dansant vers Benjamin. Comme si elle ne le faisait pas exprès, elle le bouscule légèrement. Il ouvre les yeux. Elle lui sourit et lui prend les mains en se rapprochant de lui. Les voilà qui dansent ensemble. Alain les a vus. Très content, il s'approche de Margaux et lui dit :
– Formidable, Margaux. Si tout le monde était aussi ouvert que toi, la vie des handicapés serait beaucoup plus agréable.
Elle se contente de sourire. Benjamin, mi-amusé, mi-sérieux, lui fait une grande courbette et porte sa main à ses lèvres, comme s'il remerciait une reine.
Je voudrais que le lustre leur tombe sur la tête.

De retour dans la chambre, l'ambiance n'est pas vraiment détendue. Les deux autres filles nous ignorent ouvertement. Quant à Margaux, on sent qu'elle n'attend qu'une occasion pour provoquer une dispute. Elle ne tarde pas à la trouver: j'ai posé mon sac anti-déprime sur son lit par inattention. Dès qu'elle le voit, elle l'attrape par la lanière et le balance sur mon lit:

– Garde ton bazar pour toi, tu veux ? Garde ton bazar, et garde tes leçons de morale, aussi. Je me suis trompée sur toi. Tu n'as aucun humour. Tu veux juste fayoter auprès des monos et jouer à l'infirmière.

Assise sur mon lit, tête baissée, je n'ose pas la regarder. Qu'est-ce qui m'a pris de lui faire cette réflexion ! Moi qui suis si réservée, d'habitude... Je finis par lui répondre :

– Je ne pensais pas que tu le prendrais si mal. J'étais juste un peu énervée parce que je croyais que vous vous moquiez de moi...

Mon ton soumis a dû lui plaire :

– C'est bon, on n'en parle plus !

La voilà de nouveau enjouée et amicale. Elle s'assoit à côté de moi sur le lit :

– En tout cas, nos affaires ne marchent pas mal. Sammy Song Junior a l'air de beaucoup apprécier ma petite personne ! Et j'ai un plan pour ce soir. Regarde…
Elle farfouille dans une poche de son sac à dos et en sort, triomphante… un paquet de cigarettes.
– Ça, c'est mon appât ! Je ne connais pas beaucoup de garçons qui y résistent ! C'est parti pour une soirée-clope !
Je lui souris bravement :
– Ça va être génial !
En réalité, je me sens franchement misérable. Mon grand-père Pensec, à cause du tabac, fait de l'insuffisance respiratoire. Je l'ai toujours vu essoufflé, se traînant de son lit à son fauteuil, alors qu'il n'est même pas très vieux. Bref, rien ne me tente moins que la cigarette. Jusqu'ici, je me suis toujours sortie de ces histoires en tirant une bouffée par-ci, par-là. C'est suffisant pour ne pas passer pour une petite fille modèle. Mais cette fois…
Margaux a décidé d'explorer les jardins. Il reste un petit moment avant le dîner. Je prends mon baladeur. Il y a une chanson de Sammy, dans son dernier album, que j'ai

tout à coup très envie d'écouter. Elle s'appelle « Fais ton choix ».

Vingt-trois heures trente. Michèle a fini un dernier tour des chambres. Elle nous a trouvées en pyjama, déjà couchées. Margaux en a rajouté en bâillements sonores. Maintenant, la voie est libre.

– Prête ? chuchote-t-elle.

– Tu es sûre que c'est une bonne idée ?

– Tu te dégonfles ? Pense à Sammy ! Pense au jour où il te dira en te faisant la bise : « Salut, Ludivine. Benjamin m'a beaucoup parlé de toi ! »

Je soupire. Margaux a raison. Ce serait tellement merveilleux... Je sors de mon lit. Nous traversons la chambre, puis le couloir sur la pointe des pieds. Par les fenêtres, j'aperçois le ciel plein d'étoiles et la lune, toute ronde. La nuit est douce.

– Ne rêvasse pas, ce n'est pas le moment ! me souffle Margaux.

Nous grimpons prudemment les escaliers. Les garçons sont logés au dernier étage.

– Eh ! Je vais chercher les copains de la bande, ce sera plus drôle !

Elle gratte à une porte. Bientôt, trois nouvelles silhouettes se joignent à notre cortège de fantômes. Voilà la porte de Benjamin. Elle entre sans frapper, et ressort avec lui une minute plus tard. Elle lui tient la main et lui fait «chut», un doigt sur la bouche. Il n'a pas l'air de bien comprendre ce qu'elle veut. Elle lui montre le paquet de cigarettes; et il secoue la tête. Mais Margaux prend une mine déçue, et il cède. Et puis je crois que ma présence l'a rassuré. En tout cas, il m'a chiffonné les cheveux de la main, affectueusement, comme on fait à une gamine. Je viens de me rendre compte qu'il a sûrement un ou deux ans de plus que moi.

Nous redescendons l'escalier; mais, au lieu de tourner vers nos chambres, à l'étage, Margaux continue. Je m'inquiète:

– On va dehors?

– Évidemment! La fumée réveillerait Nénette et Nounouille. Et puis, on serait vite repérés! On n'a qu'à aller à la rivière, ce sera génial!

La clé de la grande porte d'entrée grince un peu. Nous retenons notre souffle: tout semble dormir dans le château. En un instant, nous voilà dehors.

Derrière les terrains de tennis coule la Greuette, une petite rivière folle qui a des chutes pas loin. Margaux et les autres y courent déjà, avec des rires étouffés. Je les laisse me distancer.
Je ne suis pas pressée. La nuit est magnifique, tiède et claire. La terre chaude sent bon, l'herbe est douce sous mes pieds nus. À quelques mètres devant moi, quelqu'un m'attend.
Benjamin. Je le rejoins. Nous n'essayons pas de parler. Nous marchons tout doucement, côte à côte, sur le chemin qui longe les courts.
Des hurlements et des sifflets saluent notre arrivée. Je dois être rouge comme une tomate ; heureusement, il fait suffisamment sombre pour qu'on ne le remarque pas. Nos compagnons de cavale fument en rond au bord de l'eau avec des mines inspirées. Benjamin grimace en touchant son nez. Il a raison, l'odeur de fumée casse l'ambiance magique de cette nuit.
Nous nous éloignons du groupe pour nous asseoir sur un gros rocher qui surplombe la rivière. La tête renversée, nous regardons les étoiles. Je sens bien que Benjamin vou-

drait bavarder, mais il n'ose pas. Je tapote ma bouche du doigt pour l'encourager. Il a l'air déçu, se relève. Je ne comprends pas. Enfin, il articule lentement :

– Si tu veux fumer, vas-y.

Pas le temps de m'expliquer. Il a déjà tourné le dos.

– Benjamin ! Attends !

Mais comment pourrait-il m'entendre ?

Chapitre 5

Quand je rejoins les autres, je remarque tout de suite que Margaux n'est plus là.
– Elle est rentrée avec le sourd ! me lance, rageur, un de ses admirateurs. On va y aller aussi, on a froid.
Le retour au château est nettement moins joyeux. Sans Margaux, nous ne voyons plus très bien ce qui nous a tirés du lit en pleine nuit. Sans Margaux… et sans Benjamin.
Les garçons décident de passer par un esca-

lier de service, plus discret, qui conduit directement aux chambres du haut. Je remonte seule le grand escalier, frissonnant dans mon pyjama. Je suis si profondément plongée dans mes pensées que je ne remarque même pas la silhouette qui se tient en haut des marches :

– Ludivine ? Mais qu'est-ce que tu fais là ? C'est Michèle.

– Je… je cherchais les toilettes.

Je suis arrivée à sa hauteur. Elle me regarde, intriguée, mais s'abstient de tout commentaire. J'essaie de détourner la conversation :

– Et toi, tu n'es pas couchée ?

– Je me suis levée pour aller rassurer une fille de mon centre qui a fait un cauchemar. Tu sais, quitter sa maison, sa famille, c'est encore plus angoissant pour eux… À propos, il faudra que je te parle, un de ces jours, de ton amie Margaux.

Je réagis vivement :

– Margaux n'est pas encore une amie ! On se connaît à peine, et puis…

– Et puis quoi ?

Je regarde Michèle. Avec sa voix calme, ses yeux profonds, elle me fait penser à

Maman. J'ai tout à coup une terrible envie de me confier :

– Je ne la comprends pas. C'est une fille sympa, pleine de vie, mais quand elle parle des sourds, enfin, des malentendants, elle est si dure, si moqueuse ! Et je n'ai même pas le courage de la contredire. J'ai peur qu'on finisse par croire que je pense comme elle !

Michèle hoche la tête. Je me rends compte tout à coup que ce que je suis en train de lui raconter pourrait passer pour du fayotage et de la dénonciation. Je me rattrape comme je peux :

– Attention, je n'ai pas du tout dit qu'elle avait mauvais esprit, ou quelque chose de ce genre. Elle est très sympa, vraiment.

– Je sais, me dit Michèle d'un air grave. Écoute-moi, Ludivine, si tu veux l'aider, suis ton cœur. Joue le jeu. Prouve-lui que, même sourd, on peut être aimé et respecté. Qu'un handicap n'est pas une honte. Et tiens-lui tête, s'il le faut.

– Mais... pourquoi ?

– Parce qu'elle l'espère peut-être... Et maintenant, file te coucher, tu vas t'enrhumer. Ouste !

L'annonce faite par Michèle à la fin du petit déjeuner, ce matin, n'avait rien de très excitant.

– Aujourd'hui, nous commencerons notre initiation à la langue des signes. Certains d'entre vous ne la connaissent que trop bien ; d'autres vont la découvrir. Il ne faudra pas espérer la parler couramment à la fin des vacances, bien sûr. Mais ce sera un pas de plus que vous ferez les uns vers les autres.

– Cette fois, on touche le fond de l'ennui, soupire Margaux.

– Qu'est-ce que tu en sais ?

Je jurerais que Margaux a rougi sous son bronzage. Elle secoue ses belles boucles, comme pour chasser sa gêne, et dit :

– Je n'en sais rien, je devine.

La salle de réunion a été aménagée en salle de classe. Nous nous installons à nos tables sans enthousiasme. Tout cela ne fait pas vraiment vacances. Mais les paroles de Michèle me reviennent en tête, et je décide de « jouer le jeu ». Durant toute l'heure, j'essaie de suivre les explications d'Alain, qui anime le cours. Nous travaillons par groupes de deux, un sourd et un entendant, et, manque de chance, je suis associée à une des filles de notre chambre. Elle semble trouver un malin plaisir à aller trop vite ; elle s'impatiente, lève les yeux au ciel… Je me sens nulle. Margaux, elle, travaille avec Benjamin. Je leur jette un coup d'œil de temps en temps. Il se montre très patient avec elle, malgré sa mauvaise volonté. Plusieurs fois, je le vois lui prendre la main pour la mettre dans la position demandée. Évidemment, mon manque d'attention énerve encore plus ma coéquipière.

Bref, quand le cours se termine enfin, j'ai l'impression que ma tête va éclater. Alain m'autorise à aller m'allonger un moment.

Mon premier réflexe, une fois dans la chambre, est de sortir Clochard de son sac, me fourrer un caramel dans le bec et, couchée sur mon lit, me plonger dans la contemplation des photos de Sammy qui illustrent ses CD. D'habitude, ces petits plaisirs suffisent à me réconforter. Mais aujourd'hui rien ne marche. Un nouveau visage vient brouiller les traits du chanteur.

Pour moi-même, je murmure :

– Benjamin…

Ma propre voix me fait sursauter, comme si

quelqu'un venait de me surprendre sous la douche.

Je retrouve mon équipe dans la grande salle où nous avons dansé, hier. Ils ont déjà presque fini de monter l'estrade pliante nécessaire à l'activité d'aujourd'hui : théâtre.
C'est Michèle qui anime l'atelier. À mon arrivée, elle m'interroge du regard : tout va bien ? Je lève le pouce pour la rassurer : tout va bien. Voilà que je me mets à parler la langue des signes, moi aussi !
Michèle commence à nous expliquer le projet :
– Nous avons l'après-midi pour préparer un petit spectacle que nous jouerons ce soir. Inutile de préciser qu'il n'y a pas de temps à perdre ! Bien sûr, nous laisserons une large place à l'improvisation.
Ma coéquipière de ce matin signe à toute vitesse quelque chose à l'intention de Michèle. Celle-ci hoche la tête :
– Non, vous n'utiliserez pas la langue des signes. D'ailleurs, vous n'utiliserez aucun langage, à part celui du corps, que vous partagez tous.

– Ce sera un genre de mime, alors? demande Margaux.
– Quelque chose comme ça. À vous de voir. Je vous propose d'aller fouiller dans les malles, derrière l'estrade. Elles sont pleines d'accessoires et de déguisements en tout genre. Vous choisirez chacun trois accessoires. L'un devra dire qui vous êtes pour les autres. Le deuxième, ce que vous voulez être. Le troisième, ce que vous êtes au fond de vous. Sachez que vous n'aurez pas à justifier vos choix! Vous m'avez tous comprise?
Pendant que Michèle reprend ses explications pour deux ou trois personnes, nous courons vers les malles. Elles sont remplies à ras bord de chiffons, de chapeaux, d'objets bizarres. Nous tirons une trompette en plastique, puis un chapeau de sorcière, une écharpe de laine tricotée, des légumes en feutrine... Chaque nouvelle découverte nous arrache des gloussements d'étonnement, des petits cris. Margaux enfile pardessus son T-shirt une brassière pailletée digne d'une princesse des Mille et une nuits:
– Celle-là, je me la garde!

Je déniche un nounours déplumé, que je décide de prendre, sans bien savoir pourquoi. Un ensemble lunettes-faux nez-moustache me fait éclater de rire. Je le pose sur mon nez et me retourne pour me montrer à Margaux… et c'est Benjamin que je trouve devant moi !

– Très joli, dit-il.

C'est drôle, sa voix ne me gêne plus du tout. Je lui fais une petite grimace et rejette le faux nez. Nous fouillons maintenant ensemble la malle aux mille trésors. Tout à coup, je sens qu'il me pose quelque chose sur la tête. Quel est ce nouvel accessoire de clown ? Je le retire en vitesse : c'est un diadème en strass, du genre de ceux dont on coiffe les miss. Je le tripote un moment, gênée. Puis, regardant Benjamin, je lui montre Margaux du doigt en disant :

– C'est plutôt pour elle, tu ne crois pas ?

Il secoue la tête avec un sourire. Je n'ai jamais vu un regard aussi doux. Il prend le diadème et le pose de nouveau sur ma tête. Puis il fait glisser entre deux doigts une longue mèche de mes cheveux.

– C'est beau, avec tes cheveux.

Je baisse les yeux. Une fois de plus, le sang

m'est monté aux joues d'un coup. Mes oreilles chauffent. Heureusement, Margaux fait diversion. Elle s'est mis un loup noir sur les yeux et le chapeau de sorcière :
– Qu'est-ce que vous en dites ?
– Séduisante, méchante, mystérieuse... Laquelle est la vraie Margaux ?
Elle me donne une pichenette sur le nez :
– Va savoir, Miss France !
Puis elle me chuchote à l'oreille :
– Fonce, avec Benjamin. Je crois que tu as plus de chances que moi de réussir. Nous passons au plan B !
Je lui réponds par un petit salut militaire, complice.
Je me déteste.

À huit heures du soir, nous sommes tous survoltés. Les autres groupes vont nous rejoindre dans une demi-heure et le spectacle commencera. Grâce à Michèle, nos idées, confuses, ont fini par s'organiser au fil de l'après-midi. Mais nous ne nous sentons absolument pas prêts, cela va de soi. Malgré les moqueries de Margaux, j'ai décidé finalement de porter le faux nez, en plus du diadème et du nounours. Benjamin a mis des lunettes noires de play-boy, des ailes d'ange et des chaussures de clown pointure cinquante-trois !

Notre camarade de chambre (elle s'appelle Carole) arrive en courant dans la salle, un CD à la main. Comme les spectateurs seront assis par terre et pourront ressentir les vibrations du son, nous avons décidé de mettre de la musique. C'est un disque d'airs de cirque, qu'elle a réussi à dénicher Dieu sait où. Exactement ce que nous cherchions ! Nous l'accueillons avec des cris de joie. Michèle est ravie :

– Allez, on se dépêche ! Tous en piste !

Un brouhaha commence à enfler dans le couloir. Nous nous précipitons sur l'estrade, derrière le rideau fermé. Margaux trépigne de nervosité. Moi, l'excitation et le trac me font trembler de la tête aux pieds. Benjamin, qui est derrière moi, entoure mes épaules de ses bras, et me serre contre lui. Sans y penser, je m'accroche à ses poignets. Il me semble qu'il me communique sa force.

La musique éclate. Nous entrons sur scène en file indienne, comme en une parade de cirque. Carole, en tête du cortège, tape sur

un petit tambour. Un tonnerre d'applaudissements accompagne notre entrée.
Nous avons essayé de mettre en valeur les talents de chacun. Quand le rideau s'ouvre, nous sommes tous immobiles, dans des poses de statues. Margaux, très forte en gym, commence alors des acrobaties qui laissent tout le monde admiratif. Une roue, un saut de main, une roulade la conduisent de l'un à l'autre. Elle examine chaque « statue » avec intérêt. Dans son petit haut brillant et avec son loup, elle ressemble à un elfe malicieux. Elle est restée tête nue, mais à la fin de son numéro, elle se coiffe du chapeau de sorcière, posé au milieu de la scène, et fait mine de jeter un sort à chacun d'entre nous.
À tour de rôle, les statues prennent vie. Benjamin mime la découverte de ses grands pieds en jouant le désespoir. Toute la salle est pliée de rire. Quand vient mon tour, je me débats avec mon faux nez, qui malgré mes efforts me revient dans la figure quand j'essaie de l'enlever. Mon nounours essaie de m'aider, en vain ! Chacun a ainsi son petit moment de gloire. À la fin, nous nous enlevons mutuellement

nos déguisements et nous nous avançons, alignés, débarrassés de nos accessoires, la main dans la main, pour saluer.

Grand succès ! Les spectateurs applaudissent à tout casser. J'ai l'impression de ne plus toucher terre. Je regarde mes camarades dans la salle, les lustres en cristal qui miroitent au-dessus de ma tête, Michèle qui a les larmes aux yeux… et Benjamin, qui, tout naturellement, pose un baiser au coin de mes lèvres, au moment où le rideau se referme.

Chapitre 6

Les jours suivants filent comme dans un rêve. Benjamin et moi ne nous quittons plus. Petit à petit, je m'habitue à sa manière de s'exprimer, et lui hésite moins à utiliser la parole. Mais, en fait, nous ne parlons pas beaucoup – et surtout pas de notre vie en dehors du camp : la famille, l'école… Tout cela paraît si loin !
Aux cours de langue des signes, je suis sans doute la plus appliquée. Nous avons gardé

les mêmes coéquipiers, mais tout se passe beaucoup mieux. Carole a compris que je m'intéressais sincèrement à cet apprentissage, et elle m'aide avec patience.
À vrai dire, à part Margaux et quelques irréductibles, il semble que tout le monde ait décidé de «jouer le jeu», comme dit Michèle. Les groupes fonctionnent bien, sans doute aussi grâce aux activités, toujours passionnantes. L'atelier vidéo surtout nous a emballés. Nous avons tourné un petit film comique muet, du genre des vieux Laurel et Hardy, avec tartes à la crème et portes dans le nez. Complètement idiot, mais quelles rigolades !
Mon moment préféré de la journée, c'est la matinée. Après le cours d'Alain, nous nous retrouvons tous à la piscine. Nager avec Benjamin, faire les fous dans l'eau avec les copains et puis se prélasser au soleil, allongés l'un près de l'autre, la main dans la main… Jamais de ma vie je ne me suis sentie aussi heureuse !
J'en oublie presque complètement papa et maman – et je ne suis pas la seule ! Michèle a dû nous rappeler à l'ordre, ce matin : carte postale ou coup de télé-

phone obligatoire pour tout le monde. Les entendants ont tous choisi le coup de fil, plus vite fait. J'ai trouvé bizarre que Margaux ne m'accompagne pas à la cabine.

– Tu ne viens pas ?

– Non, je vais écrire un mot, ce sera plus sympa.

Cette attention à l'égard de ses parents m'a étonnée. Elle a plutôt tendance à les critiquer, et les appelle assez durement ses « vieux ».

C'est maman que j'ai au téléphone. Il me semble ne pas l'avoir entendue depuis des siècles. Elle me pose question sur question, à toute vitesse, le tout entrecoupé de petits mots doux et d'exclamations joyeuses :

– Ma Lulu ! Quelle belle surprise ! Comment vas-tu, ma grande poupée ? Que je suis contente de t'entendre ! Tu t'amuses bien, ma chérie ? Il fait beau ?

C'est à peine si j'arrive à placer un mot ! D'une certaine façon, ça m'arrange. Je n'ai pas très envie de lui parler tout de suite de Benjamin, surtout devant les autres, et au téléphone. Je me contente de la rassurer. Oui, je vais très bien. Oui, le temps est magnifique. Oui, je prends mon petit déjeuner tous les matins !

– On ne te manque pas trop, ma Lulu ?

Que répondre ? Pour la première fois de ma vie, je vais mentir à maman, non pas pour m'éviter une punition (ça, j'avoue que ça m'est déjà arrivé !) mais pour la protéger, elle. Ne pas lui faire de peine.

– Bien sûr que vous me manquez. Mais on sera encore plus contents de se retrouver, dans une semaine.

Une semaine… Mon cœur se serre à cette pensée. Dans une semaine, pour Benjamin et moi, ce sera l'heure des adieux.

– Tu ne dis plus rien, ma grande fille ? Allez, ce n'est pas long, une semaine. Nous serons bientôt tous réunis.

Pauvre maman, si elle savait…

Derrière moi, plusieurs camarades s'impatientent, leur carte téléphonique à la main. Je termine rapidement, et file rejoindre Benjamin, qui écrit dans sa chambre. En montant l'escalier, je me demande à quoi peuvent ressembler ses parents, à lui. Ses parents, qui sont aussi ceux de Sammy Song… Encore un qui m'est complètement sorti de l'esprit ! Je souris toute seule en

grimpant les marches deux par deux. Si Benjamin continue d'envahir mon cœur de cette façon, je ne saurai bientôt même plus comment je m'appelle !
Assis sur son lit, adossé au mur, Benjamin écrit, les sourcils froncés, très absorbé. Tant d'efforts pour une simple carte postale ? Je m'approche, et m'installe près de lui. Il me pose une bise distraite sur la joue. Je jette un œil sur les quelques mots qu'il a déjà griffonnés. « Je vais bien. Il fait beau. Les monos sont sympas. » Je le regarde, un peu étonnée qu'il n'ait rien de plus original à raconter. Il a tellement de personnalité, dans la vie ! Et le pire, c'est qu'en deux lignes il a trouvé le moyen de faire des fautes d'orthographe !
Benjamin semble gêné. Sans lever le regard, il se contente de dire :
– Écrire, c'est difficile, pour nous.
Les larmes me montent aux yeux. Benjamin est toujours si gai, si prêt à rire, que j'en oublie tous les mauvais tours que la vie joue à ceux qui n'entendent pas. Il s'aperçoit de ma peine. Aussitôt, il prend un air sévère, me fait une clé au cou et commence à me frictionner le crâne de

son poing ! C'est ma punition, chaque fois qu'il a l'impression que je m'apitoie sur son sort. Je ris et lui pince la taille (il est très chatouilleux) pour me dégager. Cette petite bagarre nous a remis le moral au beau fixe. J'ai envie d'aller me balader.

– Attends, dit-il, je finis. L'adresse.

Avec soin, il écrit : Samuel Leroux, villa Joséphine…

Il écrit à son frère ? Mais pourquoi ? En articulant bien, je lui demande, le doigt sur l'adresse :

– Tu n'as pas de parents ?

Il n'a pas l'air de comprendre – à moins qu'il ne fasse semblant. J'essaie de me souvenir des lettres apprises au cours d'Alain, et je lui signe : papa-maman.

Il hésite avant de me répondre, puis se résout à secouer la tête.

Pas de parents. Cette fois, je fonds vraiment en larmes. Il me prend dans ses bras et caresse doucement mes cheveux. Voilà que c'est lui qui me console ! J'ai honte de ma faiblesse. Je m'essuie vivement les yeux et l'attrape par la main :

– Viens, j'ai un cadeau pour toi.

Je l'entraîne dans l'escalier, jusqu'à ma chambre.
Elle est déserte. Mes compagnes ont sans doute préféré écrire leurs cartes dehors, pour profiter du soleil. Comme d'habitude, mes affaires sont éparpillées aux quatre coins de la pièce. Je commence à fouiller partout, secoue mon sac de couchage, rampe comme un ver pour examiner le dessous de l'armoire. Benjamin, assis sur mon lit, me regarde avec amusement.
C'est mon vieux Clochard que je cherche. J'ai décidé qu'aujourd'hui il changerait de maître. Mais il reste introuvable. Mon désordre est d'ailleurs aggravé par celui de Margaux qui, elle aussi, a semé ses affaires partout, jusque sur ma table de chevet. Ce bouquin, par exemple, est à elle.
Au moment où je saisis le livre, une photo s'en échappe. Avant de la remettre en place, je la montre rapidement à Benjamin, car elle m'a amusée. C'est une photo de Margaux toute petite. Elle est adorable, avec de bonnes joues et deux petites couettes. Elle tient par le cou son papa et sa maman, qui l'encadrent. Je m'apprête à la glisser de nouveau entre les pages, mais

Benjamin tend la main, et je lui donne la photo, un peu vexée. Margaux l'intéresse donc tant que cela?
Benjamin observe un moment le cliché, puis me fait signe d'approcher. Je m'assois près de lui. La photo est un gros plan. Du doigt, il me désigne les oreilles du père et de la mère de Margaux.
Aucun doute possible: *ils portent des appareils auditifs*.

Au même moment, Margaux entre en coup de vent dans la chambre:
– Salut, les amou...
Elle s'arrête net en voyant notre tête à tous les deux. En un coup d'œil, elle a compris: le livre sur mes genoux, la photo entre les doigts de Benjamin.
– Je vois. Vous avez fouillé dans mes affaires.
Son ton est glacial. Je veux me justifier, mais elle me coupe la parole:
– Tu es contente de toi, Ludivine? Tu me trouvais mystérieuse, eh bien, voilà, plus de mystère! Oui, ils sont sourds, mes parents, sourds comme des pots! Et que ça te plaise ou non, je n'ai aucune envie de le crier sur

les toits. Quelle vilaine cachottière je suis, n'est-ce pas ? Ce n'est pas toi qui ferais des petits secrets comme ça…
J'ai l'impression que mon visage vient de se vider de son sang. Je sais dès cet instant ce qu'elle va dire. Et je ne peux rien faire pour l'en empêcher.
Margaux attrape négligemment mon sac « anti-déprime », qui traînait sur une chaise et en sort mon baladeur. Elle en extrait le CD.
– Oh ? Qu'est-ce qu'elle écoute, notre Ludivine ? Sam-my-Song, ânonne-t-elle, comme si elle déchiffrait ce nom pour la première fois. Et cet autre CD ? Sammy Song ! Et celui-là ? SAMMY SONG !
Sa voix est montée d'un coup. Elle a jeté le sac par terre et c'est en criant qu'elle s'adresse à Benjamin. En même temps, ses mains, ses mains si maladroites aux cours d'Alain, signent à toute allure. Elle connaît ce langage depuis toujours !
– Tu croyais quoi, pauvre idiot ? Que tu avais réussi à séduire une fille normale ? Mais c'est ton frère que Ludivine aime, c'est lui qu'elle veut connaître. Tu n'es pour elle qu'un moyen d'approcher son idole ! Elle te l'avait caché, peut-être ? Tu

comprends mieux, maintenant ?
Je suis comme pétrifiée. Je secoue la tête faiblement. Benjamin ne me regarde même pas. Il s'approche de Margaux et s'accroupit pour ramasser les CD qu'elle a jetés à terre et dont les boîtiers en plastique se sont brisés. Il ramasse quelques débris, lentement, puis s'arrête. Son poing se crispe sur les éclats tranchants. Il se relève, me les jette sur les genoux et, sans un regard, sort de la chambre.
Margaux, calmée, pleure sur son lit. Je reste là, toujours immobile, les yeux secs et grands ouverts. Je ne peux que répéter tout bas, sans bien savoir si c'est à Margaux que je parle, ou à moi-même :
– Mais qu'est-ce que tu as fait... mais qu'est-ce que tu as fait ?

Chapitre 7

Le soleil brille, le ciel et l'eau sont toujours aussi bleus, les cris des baigneurs aussi joyeux ; pourtant rien n'est plus comme avant.

Assise au bord de la piscine, j'essaie depuis une heure de lire le roman que j'ai apporté, pour avoir une contenance. Mais j'en suis toujours à la première page.

Voilà trois jours que Benjamin m'évite. Cent fois, j'ai essayé d'aller lui parler. J'ai

glissé des petits mots sous sa porte. J'ai même supplié Carole, ma compagne de chambre, d'aller plaider ma cause auprès de lui – ce qu'elle a fait, en vain. Comment pourrait-il croire en ma sincérité ? Durant toute la première semaine, jamais je ne lui ai parlé de Sammy Song, alors que je connaissais leur lien de parenté. Il fallait bien que j'aie une idée derrière la tête pour cacher ça. Pour Benjamin, ce silence est la preuve que je voulais l'utiliser. Et d'ailleurs, au début, c'était bien mon idée. Ou plutôt, une idée soufflée par Margaux.
Margaux ! Après le départ de Benjamin, quand elle a vu mon désespoir, elle a essayé de dédramatiser la situation :
– D'accord, Ludivine, j'y suis allée un peu fort. Mais ce n'est pas si grave. Il te fera la tête deux jours, et puis voilà. De toute façon, une histoire avec un sourd, ça ne pouvait pas aller bien loin. À la longue, ils sont invivables, j'en sais quelque chose... Dis, tu ne diras rien à personne, pour mes parents, hein ?
Je ne lui ai même pas répondu. Je sais que c'est idiot, mais je n'arrive plus à lui parler. Elle nous a fait trop de mal.

Le plus insupportable, c'est que, elle, elle a repris sa petite vie, insouciante. Derrière mes lunettes de soleil, je la vois qui s'apprête à effectuer un de ces plongeons acrobatiques qui font briller les yeux des garçons.
Michèle a bien vu qu'il s'était passé quelque chose. C'est sûrement pour cette raison que, lorsqu'elle a recomposé les équipes pour la course d'orientation de cet après-midi, elle nous a séparés, tous les trois. À moins que ce ne soit Benjamin qui le lui ait demandé ?
À cette seule idée, je sens que mon menton commence à trembloter, et les larmes me montent aux yeux. Je me penche sur mon bouquin.
Où est Benjamin ? Depuis trois jours, il fuit le groupe dès qu'il en a l'occasion. Hier, à l'heure des ateliers, Michèle l'a cherché dans toutes les salles. Elle est repassée plus tard nous dire qu'elle l'avait récupéré du côté des courts de tennis. Il était allé se baigner dans la rivière au lieu de déjeuner, et avait oublié l'heure. En tout cas, c'est ce qu'elle nous a dit. Elle avait l'air furieux.
Midi approche. Certains commencent déjà

à se rhabiller. Comme ce matin, au petit déjeuner, je vais sûrement me retrouver à une table à moitié vide, où se regroupent malgré eux tous les solitaires, les tristes et les casse-pieds. Après tout, c'est bien ma place.

Carole vient m'arracher à mes idées noires. Elle me propose par gestes quelque chose que je ne comprends pas. D'une voix assez sûre, elle reprend :

– Viens manger avec nous, si tu veux.

C'est la première fois que je l'entends parler. Ils sont plusieurs, ici, parmi les sourds, à refuser de se soumettre au langage et à la vie des entendants. Ils préfèrent rester entre eux. Je devine que son invitation lui a coûté, et je la remercie du mieux que je peux en serrant sa main entre les miennes.

Grâce à Carole, le déjeuner est un peu moins sinistre que je ne le craignais. À peine le dessert avalé, nous nous regroupons devant le grand escalier extérieur, où le car nous attend. Il nous déposera à six kilomètres d'ici, près d'une forêt de châtaigniers où la course a été préparée.

Benjamin est là. Apparemment, il se fait encore sermonner par Michèle, qui agite un index sous son nez d'un air sévère. Il hoche la tête à tout ce qu'elle dit. Enfin, elle le laisse rejoindre les autres et elle demande à tous le silence :

– Écoutez-moi. Cette course en forêt, nous ne vous le cachons pas, est un pari un peu risqué. Nous comptons sur votre sérieux. Nous allons vous distribuer, à tous, des you-you. Ce sont des sortes de grelots que vous attacherez par un cordon à votre ceinture. Leur tintement nous permettra de vous repérer, si par hasard vous vous égariez. Ne les détachez sous aucun prétexte.

Tout le monde a compris la délicatesse de Michèle. Ces you-you n'ont vraiment d'utilité que pour les sourds-muets, et en particulier ceux qui ne peuvent même pas produire un son. Mais pour ne pas les montrer du doigt, elle a choisi de nous en faire porter un à tous.

La distribution a lieu à la porte du car, au fur et à mesure que nous entrons. Par hasard, je me trouve assise à côté d'un copain de Margaux, Thomas, un beau gosse brun qui fait tourner toutes les têtes. Il est dans ma nouvelle équipe. Durant le trajet, il essaie de me distraire, et je finis par rire franchement à ses bêtises. Mais ma bonne humeur ne dure pas. En me retournant pour parler à Carole, j'aperçois Benjamin, qui tient une petite blonde par les épaules. Il est très excité, rit fort et anime un joyeux chahut au dernier rang de sièges.

Le car roule un moment sur une nationale qui traverse la forêt. Puis il s'engage dans une route plus étroite, qui conduit à une clairière. De là partent en étoile plusieurs chemins de randonnée. Nous descendons dans un joyeux concert de you-you.

– On a tout du troupeau de biquettes ! commente Thomas.

J'éclate de rire. Benjamin me lance un regard noir avant de pivoter sur ses talons.

Une fois de plus, Michèle réclame notre attention. Elle a des explications à nous donner sur l'organisation de la course : comment lire les cartes d'état-major qui nous sont distribuées par Alain, comment repérer les fanions qui jalonnent le parcours, où noter les mots de passe, quel sera l'échelonnement des départs, etc. Puis viennent d'interminables conseils de prudence, qu'elle conclut par ces mots :

– Je voudrais surtout vous mettre en garde contre les dangers de la rivière qui traverse cette forêt. La Greuette, au château, a un cours paisible. Mais ici, elle est beaucoup plus rapide, et elle présente des chutes de plus de quatre mètres. Ne vous en approchez surtout pas !

Une équipe partira toutes les cinq minutes. Après avoir lancé la première, Michèle s'attaque à un nouveau comptage des présents. Il est clair que cette course la rend nerveuse.

Justement, il manque quelqu'un. Pas besoin d'appel pour savoir de qui il s'agit :

– Où est Benjamin ? Est-ce que quelqu'un a vu Benjamin ?

À la tête de Michèle, je comprends tout de suite qu'elle a des raisons de s'alarmer. Je cours la trouver :

– Qu'est-ce qui se passe ?

– J'étais sûre qu'il recommencerait ! dit-elle en se parlant à elle-même. Je n'aurais jamais dû l'emmener !

– Qu'il recommencerait quoi ? Michèle, qu'est-ce qui t'inquiète ?

– Benjamin a décidé de rentrer chez lui il y

a trois jours. Mais personne ne pouvait l'accueillir à Paris. Son frère est en tournée, il dit qu'il n'a pas le temps de s'occuper de lui… Hier il a tenté de fuguer. Il m'avait assuré qu'il se tiendrait tranquille aujourd'hui.

Elle passe la main sur son visage et poursuit :

– Seul en forêt, avec son handicap, c'est de la folie.

J'ai l'impression d'être précipitée dans un film d'épouvante. Les images les plus dingues me traversent l'esprit. Des loups, des mauvais esprits, des ogres guettent Benjamin, mon Benjamin, dans le secret des sous-bois. Je dois aller à son secours.

Michèle appelle Alain et les trois autres animateurs. Ils décident d'annuler les départs d'équipes tant qu'on n'a pas retrouvé Benjamin. Malgré la déception, personne ne dit rien. Chacun se doute que la situation est grave. Michèle et Alain s'apprêtent à commencer les recherches. Je les supplie, la voix étranglée de larmes :

– S'il vous plaît, laissez-moi venir avec vous. Tout est ma faute. C'est à moi de le retrouver. S'il vous plaît.

Michèle ne m'écoute pas. Elle a pris son portable et son carnet de téléphone, et tape rageusement un numéro en grommelant :
– Cette fois, star ou pas, il va bien falloir qu'il se dérange, le grand frère !
On devine que c'est une inconnue qui a décroché.
– Écoutez, Mademoiselle, s'indigne Michèle, un concert, ça s'annule, et deux cents kilomètres, ce n'est pas le bout du monde ! Votre patron pourra déjà s'estimer heureux si nous le retrouvons entier, son petit frère !
Une nausée m'envahit brutalement, et des lumières se mettent à danser devant mes yeux. Alain a juste le temps de me rattraper par le coude avant que je ne tombe par terre. Je répète, les yeux fermés :
– Il faut que je le retrouve !
Alain m'a fait asseoir. Il me tend une bouteille d'eau.
– Calme-toi, Ludivine. Ce n'est pas en tombant dans les pommes que tu vas nous aider.
Je bois une gorgée. Je dois me reprendre, et vite. Michèle vient de mettre fin à sa communication :
– C'est bon. Il sera là dans deux heures.

Sammy Song, en chair et en os, sera au château dans deux heures. Et ça m'est complètement égal. Je veux Benjamin.
– Allons-y, dit Michèle. Si à trois heures nous n'avons pas retrouvé Benjamin, je préviens la police. Ludivine, toi, tu files rejoindre les autres.
Alain intervient :
– Je crois qu'elle peut nous accompagner.
Pressée de partir, Michèle ne discute pas :
– D'accord. Prenez le chemin de la Greuette, je pars de l'autre côté.

Chapitre 8

Alain marche rapidement. Pour chacune de ses enjambées j'en fais deux. Mais il n'est pas question de ralentir. Si Benjamin s'est échappé peu après l'arrivée du car, il a bien un quart d'heure d'avance sur nous. Nous nous taisons. Inutile de hurler son nom : il ne peut pas nous entendre. Nous tournons la tête en tous sens, comme des animaux aux aguets, attentifs au moindre bruit, à la moindre tache de couleur aperçue à travers les branchages. C'est ainsi que mon œil est soudain attiré par un petit reflet violet, dans les feuilles, à l'écart du chemin.

– Alain ! Là ! Regarde !

Je me précipite. C'est le cordon du you-you de Benjamin. Nous retrouvons le grelot quelques pas plus loin. Il a dû s'en débarrasser pour rendre sa fuite plus discrète. Mais il n'a pas pensé qu'en faisant cela, il nous laissait un indice sur la direction qu'il prenait.

Nous quittons le sentier et nous enfonçons dans les sous-bois. Les hautes fougères nous ralentissent, et des branches tombées nous barrent le chemin. Je suis en nage, malgré la fraîcheur. Alain attrape ma main :

– Nous allons le retrouver, je te le promets.

Le terrain est de plus en plus en pente. Depuis un moment, nous percevons un grondement sourd, qui s'amplifie au fur et à mesure que nous avançons.

Je m'arrête :

– C'est quoi, ce bruit ?

– La rivière. Nous approchons des chutes.

Je sais que Benjamin, s'il a suivi le même chemin, n'a pas pu entendre ce ronflement toujours plus fort, que je ressens comme une menace.

– L'eau. C'est un grand danger pour ceux qui n'entendent pas, m'explique Alain. Le feu, on le sent. Il y a l'odeur, la chaleur. L'eau est beaucoup plus traîtresse.
Nous marchons maintenant à flanc d'une pente raide, sur un étroit rebord caillouteux. Les chutes, toutes proches, font un vacarme assourdissant. Au bout du chemin, une trouée lumineuse. Le rideau d'arbres s'ouvre peu à peu sur le plus magnifique spectacle que j'aie jamais vu. Dans un écrin de verdure éclairé de ciel bleu, les eaux pures de la Greuette se précipitent de près de quatre mètres pour s'écraser dans un bouillonnement d'écume. C'est comme un arc de cristal éclaboussé de soleil.
Et, tout en bas, torse nu, déchaussé, il y a Benjamin. Plaqué contre la roche, il essaie de se faufiler derrière la cascade, en longeant la paroi.
– Il est fou ! s'écrie Alain. L'eau va l'assommer ! C'est une véritable avalanche !
– Il ne peut pas se rendre compte, il n'entend pas ! Il n'entend rien !
Sans attendre l'autorisation d'Alain, je dévale le ravin qui descend à la rivière. Devant l'urgence, je me sens pousser des

ailes. J'évite les racines, m'accroche aux troncs sur mon passage, glisse sur quelques mètres, me rétablis... Alain me crie quelque chose. Il n'arrive pas à me suivre. Je suis déjà presque en bas. Un coup d'œil vers la cascade : je ne vois plus Benjamin ! Je cours. À mon tour, je me colle à la paroi. Ça y est, je le vois ! Benjamin est étendu, inerte. Le bruit est effrayant, l'eau jaillit de toutes parts. Je suis trempée, glacée jusqu'aux os. J'avance prudemment, cramponnée au rocher comme une mouche. J'aperçois son visage. Dieu merci, il est hors de l'eau. Les flots s'abattent sur ses jambes. La roche, couverte de mousse, est glissante comme du savon. Plusieurs fois, je manque de déraper dans le profond bassin en bas. Enfin je suis près de lui. Il commence à glisser vers l'eau sombre. Je le retiens comme je peux sur le bord. Les forces me quittent. Inutilement, je hurle :

– Au secours !

Une main me saisit le bras. C'est Alain. Il s'arc-boute, il nous tire lentement hors du tourbillon. Je me cramponne à Benjamin, Alain agrippe son short. Au bout d'un moment qui me paraît interminable, nous

sommes tous les trois hors de danger.
Benjamin est toujours inconscient. Nous le traînons sur le talus. Alain, aussitôt, effectue les gestes de premier secours. Il cherche son souffle, son pouls. Il l'examine rapidement, fait bouger ses membres.
– Je crois qu'il n'a rien. Il est juste sonné, dit-il, soulagé.
D'ailleurs, Benjamin commence à remuer la tête doucement. Il ouvre les yeux. Je suis penchée sur son visage. Il me sourit faiblement. Mon Benjamin ! Je le couvre de bisous sonores, si follement qu'Alain me repousse en douceur :
– Eh ! Laisse-le reprendre ses esprits !
Benjamin s'assoit. Il nous fait signe que la tête lui tourne, mais il a l'air de se remettre. Je m'affale dans l'herbe, sur le dos, comme une naufragée. Avec le soulagement, les nerfs lâchent. J'ai eu si peur, tout était si terrifiant... Voilà que je pleure comme une Madeleine ! Benjamin me prend dans ses bras et me serre contre lui. De sa voix hésitante, il murmure :
– Excuse-moi. J'ai été bête.
– Non, c'est moi. Je me suis laissée entraîner... je ne voulais pas... Il n'y a que

toi qui comptes. Tu me crois, maintenant ?
Nos embrassades n'intéressent guère Alain. Il se débat avec son portable – que l'eau, heureusement, a épargné – et essaie de joindre Michèle.
– Michèle ? C'est bon, il est là ! On a frôlé la catastrophe, mais tout va bien à présent. Heureusement que Ludivine était avec moi… On arrive. Prévoyez des couvertures et des vêtements de rechange !

Nous rejoignons bientôt l'étroit sentier. Avant de pénétrer sous les arbres, je me retourne vers la cascade. Quel endroit merveilleux ! Il faudra y revenir, un jour. Benjamin serre ma main dans la sienne. Lui aussi semble vouloir graver cette image dans sa mémoire.
– Si vous ne vous dépêchez pas plus que ça, vous allez mourir de froid ! lance Alain. Allons, en route.
Libérée de l'angoisse qui me serrait le cœur à l'aller, je me rends compte que la promenade est magnifique. Nous retrouvons l'endroit où nous avons quitté le grand chemin. Le cordon violet du you-you est resté par terre, au milieu des feuilles. Je le ramasse

et le tends à Benjamin. Il le prend et me le noue autour du poignet. Voilà un bracelet que je ne suis pas près d'enlever !

Non loin de la clairière, une silhouette apparaît, qui court vers nous.

C'est Margaux. À son expression, je devine qu'elle s'est follement inquiétée. Elle se jette dans mes bras, et je la serre sur mon cœur sans rancune. Notre réconciliation n'a pas besoin de mots. D'ailleurs, ce n'est pas dans son caractère de s'attendrir longtemps. Elle reprend son ton moqueur pour nous dire :

– Alors, les amoureux, on s'est fait un beau film ?

Je lui donne un coup d'épaule, et Benjamin fait mine de l'étrangler.

Déjà, Michèle et d'autres camarades nous ont entourés. On nous presse de questions, on nous jette des couvertures sur les épaules. C'est un vrai cortège qui nous accompagne jusqu'au car, où nous changeons rapidement de vêtements. Les copains ont pioché dans leurs affaires de quoi nous couvrir. Le résultat n'est pas vraiment élégant ! Je me retrouve emballée dans un blouson de sport trois fois trop grand pour moi, avec un caleçon de bain jaune fluo. Quant à Benjamin, il a hérité d'un affreux T-shirt où est imprimée l'affiche d'un film d'épouvante ! Mais ça n'a aucune importance. Il tient ma main. Je suis heureuse.

Bien évidemment, la course d'orientation est annulée. Il est déjà près de quatre heures. Nous remontons tous dans le car. Comme une mère poule, Michèle nous installe près d'elle, à l'avant. Épuisée, je m'endors à moitié sur l'épaule de Benjamin. Bientôt, le car passe les hautes grilles du château. Benjamin me réveille d'un baiser sur la tempe. Tout de suite je remarque son air inquiet. Il a vu par le pare-brise quelque chose que je découvre à mon tour.

Devant l'entrée principale est garée une énorme limousine noire.

Chapitre 9

À la vue de la limousine, les questions fusent dans le car. Michèle, embarrassée, se contente de réclamer du calme. Mais quand les portes s'ouvrent, elle n'arrive pas à contenir la curiosité générale. Les premiers descendus se précipitent vers la voiture. Quelqu'un s'y tient appuyé. Un cri jaillit :

– C'est Sammy Song !

Le nom est répété mille fois, les retardataires se bousculent à la porte du car. Tout le monde se masse autour du chanteur, qui dis-

paraît derrière un mur de fans. Les moniteurs essaient en vain de rétablir l'ordre. Le chauffeur du car lui-même finit par quitter son siège, un papier et un stylo à la main !
Benjamin et moi n'avons pas bougé. Par la vitre, nous regardons Michèle fendre la foule et s'approcher de Sammy. C'est drôle, elle n'a pas du tout l'air admiratif. On dirait même qu'elle est en train de faire la leçon à la star. Sammy, confus, approuve de la tête tout ce qu'elle dit.
Comme il ressemble à Benjamin ! Bien sûr, Sammy est plus âgé, mais il a les mêmes yeux, sérieux et tendres, les mêmes expressions, la même silhouette, à la fois athlétique et nonchalante.
Benjamin interrompt ma contemplation :
– Va le voir. Tu en meurs d'envie.
Je lui prends la main.
– Non, dis-je. Toi, tu y vas. C'est pour toi qu'il est là, Benjamin.
Au même moment, Michèle entre dans le car.
– Benjamin ! Je me demandais si tu t'étais encore échappé. Tu sais, ton frère regrette de ne pas être venu plus tôt. Il reste avec nous ce soir. Je vais l'installer dans mon

bureau, tu pourras lui parler tranquillement.
Doucement, je pousse Benjamin dans l'allée. Il me tend la main pour que je l'accompagne.
Si je veux, dans cinq minutes, je serai confortablement installée dans le bureau de Michèle, à bavarder avec mon idole et son frère. Mon rêve de gamine enfin réalisé. Rencontrer Sammy Song.
Mais ce n'est pas Sammy Song que je vois, dehors. Celui qui se démanche le cou pour apercevoir son petit frère au milieu d'une foule d'ados inconnus, c'est Samuel Leroux. Et c'est Benjamin qui a besoin de lui. Pas moi.

J'ai rejoint les autres une fois que Benjamin et son frère ont passé la porte du château.
Tout le monde était surexcité. Michèle venait d'annoncer que Sammy passerait la soirée avec nous, et qu'une petite fête serait improvisée en son honneur. Après bien des discussions, il a été décidé qu'on dînerait au bord de la piscine. Margaux a eu une idée géniale : éteindre tous les éclairages extérieurs et allumer des bougies un peu partout. Michèle a un peu hésité, « pour des raisons

de sécurité», disait-elle. Mais elle a cédé à la magie de cette soirée qui s'annonce.

Au château, c'est le branle-bas de combat! Ça court dans tous les sens. On déménage la moitié du mobilier de la cantine. Alain a filé au village acheter des bougies. Il revient avec, en prime, deux grands flambeaux de jardin, qu'il veut planter à l'écart des tables. Avec Margaux, Carole et d'autres filles, nous nous sommes installées à la cuisine, où nous tartinons des petits canapés. La cuisinière s'affole:

– Mais le pâté, c'était pour demain! Et qu'est-ce que vous fabriquez avec ces tomates! Et mon hachis Parmentier, qui est-ce qui va le manger?

Carole la fait taire en lui fourrant une tartine dans la bouche.

– Ce n'est pas le tout! Il s'agit de se faire belles! s'exclame Margaux au bout d'un moment.

Nous finissons en vitesse nos plateaux de toasts et courons dans nos chambres. Désireuse de se faire pardonner, Margaux décide de «s'occuper de mon look», comme elle dit. C'est vrai qu'avec mes cheveux en bataille, mon blouson trop grand et mon

caleçon, je ne ressemble pas à grand-chose !
– File te doucher, je me charge de tout ! dit Margaux en me poussant dans le couloir.
Au retour, je trouve sur mon lit une adorable robe à bretelles, en madras, que je ne l'ai jamais vue porter.
– Je la gardais pour une grande occasion, m'explique Margaux.
– Et toi alors ?
– Oh, moi, je peux me mettre un sac poubelle sur le dos, je serai toujours la plus belle ! plaisante-t-elle en prenant des poses de mannequin.
En m'habillant, je remarque un autre changement dans la chambre. Au-dessus de son lit, visible par tous, Margaux a punaisé une photo. Une petite fille, son papa, sa maman. *La fameuse photo.*

Au milieu de tous ces préparatifs, nous n'avons pas vu le temps passer. Quand enfin nous sommes prêtes, le soir commence à tomber. Sans se soucier de l'agitation, les hirondelles, à la piscine, volent au ras de l'eau pour y boire. Quelques sifflets admiratifs saluent notre arrivée. Thomas et les autres nous appellent à grands cris pour

que nous nous mettions à leur table.
Enfin, Sammy et Benjamin font leur apparition. De loin, je les vois s'installer avec les moniteurs. Beaucoup se lèvent pour leur dire un mot, mais j'aime mieux rester où je suis. Benjamin m'a fait un petit coucou en arrivant. Il porte son pull bleu, mon préféré. Je ne l'ai jamais trouvé aussi craquant. Mais il tourne le dos à notre table, et il est trop pris par son frère pour s'occuper de moi. J'essaie de ne pas montrer ma déception. Je sais qu'il vit un moment important, et je veux m'en réjouir pour lui.
Le dîner est très gai. De temps en temps, une tablée entonne un refrain de Sammy, que tous ceux qui le peuvent reprennent en chœur. La nuit descend doucement. Alain allume les flambeaux. Leurs reflets dansent sur l'eau de la piscine et sur les visages.
Au dessert, l'ambiance est devenue beaucoup plus paisible. Sammy se décide à céder aux demandes répétées de chanter pour nous. Il prend sa guitare. On dégage de la place autour de lui et le silence se fait. Sammy plaque quelques accords, puis égrène des arpèges, et commence à parler, sur ce fond mélodieux :

– Cet après-midi, j'ai beaucoup appris, avec Benjamin. J'ai compris qu'on pouvait être l'« idole des jeunes », comme on dit, sans être celle de son petit frère. Il m'a raconté bien des choses. Il m'a surtout beaucoup parlé d'une certaine demoiselle. Et ce qu'il m'en a dit m'a inspiré une chanson. Elle n'est pas encore au point, mais je vais essayer de vous la chanter. Bien sûr, Benjamin ne pourra pas l'entendre, beaucoup d'entre vous non plus. Mais la demoiselle, nous pouvons tous la voir.

Mon cœur va éclater. Tous les regards se tournent vers moi. Benjamin s'est levé. Il s'approche, me prend par la main et me conduit au milieu des tables.

Sur le rythme lent de la guitare, nous commençons à danser. Je lève les yeux vers le ciel plein d'étoiles. Benjamin entrelace ses doigts avec les miens. La lumière des flambeaux fait briller nos regards. Et la voix de Sammy Song entonne la Ballade de la petite fille aux cheveux de feu.

FIN

EXTRAIT

Et pour rêver encore,
lis cet extrait
de

OBJECTIF AMOUR

d'Anouk J. Durey

EXTRAIT

Prologue

Le train avait quitté Paris et filait vers Londres à trois cents kilomètres à l'heure. Et moi, je ruminais trois cents idées noires à la seconde. Pour la première fois de ma vie, je voyageais seule.

Je partais en Angleterre. À contrecœur. Obligée par mes parents, qui estimaient que je devais améliorer mon niveau d'anglais avant d'entrer en classe de seconde : au brevet, mes notes avaient été trop moyennes.

Pour moi, ce voyage était une véritable punition. Pire, une sanction injuste.
Premièrement, « notes moyennes » ne veut pas dire « nulles ». Je ne redoublais quand même pas ma troisième ! Mais mes parents ne s'étaient pas rendu compte que j'avais fait de mon mieux. J'avais eu tant de mal à préparer mon brevet ! Tant de mal à me concentrer ! Pourquoi ? Eh bien, depuis quatre mois, tout était sens dessus dessous à la maison, parce que maman attendait un bébé. Alors, entre la décoration de la future chambre de bébé, les achats d'affaires pour bébé, et les conversations sur bébé, mon brevet, vous comprenez... Ni papa ni maman ne m'avaient aidée à réviser : ils avaient beaucoup trop à faire !
Deuxièmement, ce séjour en Angleterre m'avait été totalement imposé : un beau jour de juillet, maman m'avait appris qu'ils m'enverraient cet été chez des amis anglais, qui vivaient dans la banlieue de Londres. Pour trois semaines ! Sur le moment, j'avais cru à une mauvaise plaisanterie. C'étaient des amis

de mon père mais je ne les avais jamais rencontrés ! « Ils ont une fille de ton âge », m'avait annoncé maman, cherchant à me rassurer. Ah oui ? Mais je ne la connaissais pas, cette fille. Ce n'était même pas une correspondante !

Troisièmement, comme j'allais en Angleterre, je n'irais pas à Venise, chez Mamia, ma grand-mère italienne. Mes parents non plus, mais pour d'autres raisons : du fait de sa grossesse, ma mère devait mener une vie très calme. Ordre du médecin. Ce serait donc un été sans Mamia… Et ça, ça me donnait encore plus le cafard. Chaque année, on passait des vacances de rêve chez elle. Et quand je dis des vacances de rêve, je n'exagère pas ! D'abord, je retrouvais toute une bande de copains et copines. Avec eux, c'était la fête tous les jours. Ensuite, bonheur suprême, Mamia m'offrait des cours de chant particuliers. Elle avait été cantatrice à l'opéra de Paris. Et moi qui adore le chant – je prends des cours deux fois par semaine –, je m'imaginais déjà diva, comme elle. D'autant

que Mamia m'assurait que j'étais douée !
Oh, quelle punition, ce voyage !
En plus, ces derniers temps, une crainte terrible m'avait assaillie : et si, en réalité, mes parents avaient préféré m'éloigner pour poursuivre leurs préparatifs avant l'arrivée du bébé, tranquillement, sans moi ? D'accord, je me réjouissais à l'idée d'avoir une petite sœur ou un petit frère. (À ce sujet, on n'en savait toujours rien. Il fallait attendre la prochaine échographie.) Être fille unique, ce n'est pas toujours drôle… Mais, bien sûr, je n'éprouvais pas exactement le même enthousiasme que mes parents. Peut-être parce qu'ils ne cessaient de m'assener des : « Tu es une grande fille, maintenant ! Tu as quatorze ans ! Bientôt quinze ! »
Bientôt quinze ans…
Une boule se forma dans ma gorge. Quand je me regardais dans la glace, je voyais toujours la même fille : grande de taille, oui, mais trop maigre (de partout !), avec de longs cheveux bruns si épais que je ne savais jamais comment

les coiffer. Et même si maman affirmait que j'étais une « jolie jeune fille » – d'autant plus jolie que j'avais hérité de ses yeux bleus, soulignait-elle avec fierté –, pour moi, je ressemblais toujours à une gamine !

N'empêche, en disant au revoir à mes parents, je n'avais pas versé une larme. Je les avais embrassés, et marmonné un : « On s'appelle ! » parfaitement détaché. Très adulte. Mais, au fond de moi, tristesse et colère se mêlaient.

Heureusement, grâce à mon téléphone portable, je pourrais rester en contact avec Romane, ma meilleure amie. On s'était promis de s'envoyer des mini-messages. « Lola, ce voyage en Angleterre sera une super expérience ! avait-elle affirmé. L'année dernière, je suis allée dans une famille en Allemagne, tu te souviens ? Je ne l'ai pas regretté ! Et, qui sait, tu rencontreras peut-être quelqu'un… », avait-elle insisté, taquine.

Quelqu'un. Un amoureux, quoi ! Romane était désespérée : à mon âge, je n'avais encore jamais eu de petit copain. Et alors ? Aucun

EXTRAIT

garçon ne m'avait jamais suffisamment plu ! J'étais sûrement trop difficile… ou trop quelconque pour attirer le regard de Roméo ! Mais, pour moi, ce n'était pas un problème…

Étouffant un soupir, je reportai mon attention sur le paysage qui défilait derrière la vitre. Non, à cet instant, mon problème était que je partais en Angleterre, toute seule. Chez des gens que je ne connaissais pas. De nouveau, le même doute m'envahit : et si papa et maman avaient voulu se séparer de moi quelque temps ? Maintenant qu'ils allaient avoir un autre enfant, peut-être, oui, peut-être qu'ils ne m'aimaient plus autant qu'avant. « Tu préférerais avoir une petite sœur ou un petit frère ? » m'avaient-ils demandé au moins cent cinquante fois. Frère ou sœur, moi, je m'en moquais pas mal. J'aurais voulu que la vie continue comme avant, entre nous trois. Papa, maman et moi, c'est tout.

Bercée par le roulis du train, je fermai les yeux en reniflant. Un goût salé m'envahit la gorge. Mon premier sanglot...

EXTRAIT

Chapitre 1

Et voilà. Lundi 3 août, 16 h 30, Waterloo Station : plantée au milieu du quai, j'essayai de rassembler mes idées. Dur, dur. Dans le train, je m'étais endormie comme un loir. « Je n'ai même pas vu le passage sous la Manche ! » me dis-je. Bof, ça m'était bien égal. À cet instant précis, je n'avais qu'une envie : faire demi-tour, illico, et rentrer chez moi. Mais je vis apparaître la famille Walter : une femme blonde brandissait un carton sur lequel mon nom était inscrit au feutre rouge: «Lola Dessière». Un monsieur roux et moustachu l'accompagnait, ainsi que deux jeunes enfants également roux, et une adolescente aux cheveux très blonds coupés court. Impossible de fuir.

Prenant une profonde inspiration, j'attrapai ma grosse valise à roulettes et me dirigeai vers eux:

– Bonjour, je suis Lola.

– *Hello, Le-ou-la!* s'exclama amicalement Mme Walter.

«Lola, pas *Le-ou-la*», pensai-je avec humeur.

Nous échangeâmes une poignée de main.

– As-tu fait bon voyage? s'enquit M. Walter d'un ton chaleureux.

– Oui, merci.

Bon, M. et Mme Walter avaient l'air sympathiques. Et ils parlaient très bien français! C'était déjà ça! Ils me présentèrent leurs enfants: Jenny et Steven, âgés de huit ans, et jumeaux.

– Et voici Victoria, compléta Mme Walter en me désignant leur fille aînée. Mais appelle-la

Vicky, comme nous.
– *Hello*, Vicky, fis-je dans un anglais timide.
– *Hello*, marmonna-t-elle.
Elle avait les yeux bleus, la même taille que moi, mais semblait plus grande, sans doute parce qu'elle était plus musclée : en jean, T-shirt et baskets, elle affichait une allure incontestablement sportive. « C'est bien ma veine ! » pensai-je. À part la brasse (dans une eau à 28 degrés minimum), et la patinette sur les trottoirs (quand il ne pleut pas), le sport et moi…
M. et Mme Walter prirent mes bagages, et on s'éloigna du quai. Tout en marchant, j'adressai un sourire engageant à Vicky, mais elle n'y répondit pas.
– C'est la première fois que tu viens en Angleterre ? s'enquit Mme Walter en anglais.
Miracle, je compris chaque mot !
– *Yes, it's the first time…*
On gagna le parking de la gare, et tout le monde s'installa dans une spacieuse voiture.
– J'ai bien connu ton père, poursuivit M. Walter en démarrant. J'avais commencé

mes études pour être pharmacien, et je passais une année à Paris...
– Attention ! l'interrompis-je avec un hoquet. Vous conduisez à gauche !
– Et alors ? répliqua-t-il tranquillement.
– Mais…
Abasourdie, je me rendis compte que toutes les voitures roulaient à gauche de la route !
– Bien sûr ! fis-je en me tapant le front. On est en Angleterre ! Ma prof d'anglais nous a parlé de la conduite à gauche, mais j'avais oublié.
– Ça va, Lola ? s'enquit Mme Walter. Tu es toute pâle.
– Oui-oui…
Mais non, ça n'allait pas du tout. J'avais l'impression d'avoir atterri dans un monde où tout fonctionnait à l'envers !

***

Durant la demi-heure suivante, je fus si absorbée par ce que je découvrais que j'en oubliai mes premières émotions. Tout me

paraissait surprenant : l'eau grisâtre de la Tamise, le ciel aussi gris que le fleuve, le crachin, les bus rouges à deux étages… Rapidement, nous sortîmes de Londres pour rejoindre l'autoroute. Puis on roula dans la campagne anglaise, très verte, sous une fine pluie qui semblait tomber depuis toujours.
– Greenfield, notre village, se trouve à une demi-heure de la capitale, dans le Kent, m'expliqua Mme Walter.
– C'est dans le Sud-Est, poursuivit M. Walter.
– Et c'est le jardin de l'Angleterre ! renchérit sa femme avec fierté.
Le… « jardin » ? En effet, prairies et pâturages se succédaient avec, ici et là, des troupeaux de moutons et de vaches ; puis des vergers et des prés, encore des moutons et des vaches. Plus nous nous éloignions de Londres, plus mon appréhension augmentait. Non, pas ça !
Mais si…
Mes pires craintes se confirmèrent lorsque nous parvînmes à Greenfield : le village se situait au milieu de nulle part.

EXTRAIT

Greenfield – comprenez « Champ vert » – se composait de quelques rares commerces, dont la pharmacie de M. Walter, de part et d'autre d'une longue rue monotone. Complètement coupé du monde ; définitivement et mortellement ennuyeux. « Papa et maman auraient pu se renseigner ! C'est un trou perdu ! » songeai-je, atterrée. C'était la lointaine, très lointaine banlieue de Londres !
En fille bien élevée, je dissimulai ma déception tandis que M. et Mme Walter me faisaient visiter leur maison. De même, je gardai un sourire poli lors du drôle de goûter qui fut servi à... 18 h 30 ! Au menu : salade de tomates et concombre, sandwiches de pain de mie aux crudités et au fromage, le tout arrosé de thé. Seuls Jenny et Steven eurent droit à du sirop de fraise, que je leur enviai en silence. Je déteste le thé ! Je me promis de le dire dès que possible. D'autant que, tantôt en anglais, tantôt en français, M. et Mme Walter me suggéraient mille et une choses pour que mon séjour se déroule agréablement. Donc, sans thé pour moi, merci.

– Est-ce qu'il y a un cinéma à Greenfield ? demandai-je à Vicky, qui mangeait en silence.
– *No*, répondit Vicky en me jetant un bref regard.
– Ah… Dommage.
– Oui, dommage.
– Tu, euh… tu connais Paris ?
– *No*.
– Ah… Dommage.
Pas très loquace, Vicky. À moins qu'elle ne soit timide ? Pourtant, je faisais l'effort de parler anglais ! Je tentai une plaisanterie :
– Quel goûter copieux ! Si c'est pareil pour le dîner, je repartirai à Paris avec dix kilos de plus !
Un éclat de rire général accueillit ma remarque.
– *Lola darling*, rassure-toi, nous sommes en train de dîner ! m'informa Mme Walter.
– Quoi ?
Je dus paraître très étonnée, car même Vicky se mit à pouffer. Miracle, j'avais réussi à la dérider ! Sans le faire exprès : j'étais réellement stupéfaite.

EXTRAIT

– Eh oui ! Ici, on dîne tôt, m'apprit Vicky. Ce n'est pas la même chose, en France ?
– Ça non ! répondis-je. On mange plutôt vers 8-9 heures. Eh bien, je m'habituerai !
« Mais ce sera dur ! » complétai-je dans mon for intérieur en avalant un dernier sandwich.
Après le dîner, Jenny et Steven insistèrent pour me montrer leur chambre. Ensuite, on rejoignit Vicky et ses parents au salon. La télévision était allumée. M. et Mme Walter se tournèrent vers moi avec un grand sourire, mais Vicky garda les yeux rivés sur l'écran.
– Alors, Lola, raconte-nous comment est la vie à Paris ! me demanda Mme Walter.
– Mouvementée… Et sympa, répondis-je machinalement.
Sympa, Vicky, elle, ne l'était pas trop. Elle ne m'adressait pas la parole !
Par politesse, je bavardai encore un moment avec M. et Mme Walter, et les enfants. Mais comme Vicky continuait à m'ignorer, je finis par perdre mon enthousiasme forcé. Malgré moi, je me mis à bâiller à me décrocher la mâchoire.

EXTRAIT

– Tu es sûrement très fatiguée, remarqua Mme Walter.
– Euh, oui…
– Va te coucher ! suggéra-t-elle. En plus, il y a le décalage horaire : en France, il est…
Elle consulta sa montre :
– 11 heures.
– Oh, ça explique tout ! m'exclamai-je. J'ai tellement sommeil !
Ce n'était pas tout à fait juste, mais ça me permettait de m'éclipser sans vexer mes hôtes.
Après avoir souhaité bonne nuit à tout le monde, je gagnai la chambre qui m'avait été attribuée : à l'étage, à côté de celle de Vicky. La pièce était petite, douillette, avec des meubles en rotin et une moquette bleu pâle. « Au moins, je suis bien installée », pensai-je en examinant les lieux. Puis je regardai par la fenêtre. Je ne vis qu'un jardin détrempé par la pluie, encadré par d'autres jardins détrempés par la pluie. Oh ! je pressentais que j'allais m'ennuyer à mourir. Si seulement Vicky Walter ne s'était pas montrée aussi froide, sans

doute aurais-je été plus optimiste ! Mais j'avais l'impression que, pour une raison étrange, elle n'appréciait pas du tout ma présence.

Chapitre 2

Le lendemain, il faisait beau. Chic ! Aussitôt de bonne humeur, je fis ma toilette dans la salle de bains adjacente à ma chambre et m'habillai en fredonnant : jean brodé à fleurs, T-shirt rose, tongs à perles... Avec cette tenue, je me sentais un peu en vacances ! Puis je descendis à la cuisine. Il y flottait une délicieuse odeur de café et de pain grillé qui, fugitivement, me rappela ma maison. Un instant, ma gorge se serra. Papa et maman me manquaient déjà. La veille au soir, ils m'avaient téléphoné, mais je n'avais pas osé leur avouer ce que je ressentais. « Tout va bien, M. et Mme Walter sont très accueillants, et Vicky a l'air très gentille », avais-je affirmé. Hum…

Vicky, Jenny et Steven prenaient leur petit déjeuner. Les cheveux en pétard, Vicky portait un short et un débardeur trop grand. Elle me salua d'un bref signe de tête.

– Bonjour ! lançai-je, aussi enjouée que possible. *Good morning !*

– …*'morning, Le-oula !* répondirent les jumeaux.

– Lo-la. Je m'appelle Lola, pas *Le-oula* ! ne pus-je m'empêcher de corriger.

Jenny et Steven échangèrent un regard, puis articulèrent mon prénom plutôt correctement :

– Lo-la ! Lola…

– Bravo ! fis-je, sincère.

Ils se mirent à rire, et moi aussi. Pour sa part, Vicky esquissa une grimace qui devait s'apparenter à un sourire.

– *Hello,* Vicky, dis-je.

EXTRAIT

– *What do you want for breakfast?* me demanda-t-elle sans répondre à mon bonjour.
Son accueil peu chaleureux me déstabilisa quelques secondes.
– Ce que je veux pour le petit déjeuner ?
J'examinai le contenu de leurs assiettes. Œufs au bacon, saucisses, corn-flakes croustillants, toasts, marmelade d'orange… Mon moral remonta aussitôt en flèche.
– Je peux avoir la même chose que vous ?
En fait, je mourais de faim ! Les émotions, ça creuse.

***

Lourde comme un éléphant – au petit déjeuner, j'avais mangé quatre fois trop ! –, je m'apprêtais à gagner le jardin quand Vicky vint à ma rencontre. À présent, elle portait un pantalon, des bottes cavalières, et était coiffée d'une casquette de toile mise à l'envers.
– Je vais au club, annonça-t-elle.
– Au club ? Quel club ?

– *The Horse Club*, m'informa-t-elle d'un ton abrupt. Le centre équestre.
– Ah… Tu fais du cheval ?
– Bien sûr ! répondit-elle, comme si ma question était souverainement stupide. Pas toi ?
– Euh… non. Mais je veux bien t'accompagner !
– O. K. ! fit-elle. On y va à vélo.
Je lui emboîtai le pas jusqu'au garage, où elle me désigna une bicyclette ; elle-même en enfourcha une autre.
– Ce n'est pas loin, déclara-t-elle en me lançant un drôle de regard.
Sur ce, elle me précéda sur la route. Elle pédalait vite, et j'eus du mal à adopter la même cadence.
La maison des Walter se situait dans une impasse perpendiculaire à la rue principale de Greenfield, que nous dévalâmes à bonne allure. À la sortie du village, Vicky bifurqua à gauche et emprunta un sentier qui coupait à travers bois. Le sol était boueux. Très boueux. Or, j'avais gardé mes jolies tongs en perles…

EXTRAIT

En quelques secondes, mes pieds furent maculés de terre. « Elle aurait pu me prévenir ! J'aurais mis des baskets ! » fulminai-je intérieurement.

– Ça va ? me demanda Vicky quelques instants plus tard en me jetant un coup d'œil par-dessus son épaule.

– Oui, très bien, mentis-je avec mon plus beau sourire.

Et je continuai à pédaler en tentant de me salir le moins possible.

Heureusement, nous ne tardâmes pas à arriver au club hippique. Je n'étais jamais allée dans ce genre d'endroit. Moi, à part les poneys du jardin du Luxembourg, et les chevaux de cirque… Du coup, comment aurais-je pu imaginer que, par terre, ce serait tout crotté ? Et j'étais quasiment pieds nus ! Soudain, je me sentis très, très idiote. Et très, très énervée. Je décochai un regard noir à Vicky. Mais, laissant son vélo à l'entrée, elle se dirigeait déjà d'un pas vif vers les écuries. Sans un mot.

– Trop sympa, la fille ! grommelai-je, posant

ma bicyclette à mon tour.
Je m'installai sur un banc, dépitée. « Enfin, les rares fois où Vicky s'adresse à moi, je la comprends. Donc, je ne suis pas si nulle que ça en anglais ! » pensai-je pour me consoler. Puis, avisant mes pieds, je grimaçai. Ils étaient tout sales ; mais pas question de déprimer pour si peu !
Environ un quart d'heure plus tard, Vicky réapparut, menant un cheval blanc par la bride.
– Je te présente Allwhite, me dit-elle de loin avec un sourire.
Tiens, son premier vrai sourire !
– Je vais m'entraîner, ajouta-t-elle en me montrant un manège, à une centaine de mètres. Tu viens ?
– Oui, oui…
Je la suivis, un peu à contrecœur, je l'avoue. Quand même, marcher dans ce mélange de boue séchée et de crottin de cheval, beurk !
Vicky se mit habilement en selle, gagna l'arène et commença à décrire des cercles au trot. Elle ne cessait de flatter l'encolure de son

cheval, et j'eus même l'impression qu'elle lui parlait. Ma foi, elle était peut-être plus communicative avec les animaux qu'avec les humains !

Accoudée à la barrière, je regardai Vicky évoluer ainsi pendant un bon moment. Elle galopait, s'arrêtait net, repartait... Une excellente cavalière, Vicky ! Néanmoins, ce spectacle finit par me lasser. « Qu'est-ce que je fais, maintenant ? » me demandai-je, la mort dans l'âme.

C'est alors qu'un jeune homme s'approcha du manège. Il était en jean, bottes d'équitation et T-shirt, et portait un appareil photo en bandoulière. Il me sourit brièvement avant de se tourner vers Vicky.

– *Hello, Vicky !* s'exclama-t-il d'une voix chaude.

Intriguée, je l'observai à la dérobée. Grand, mince, il avait d'épais cheveux noirs qui bouclaient sur la nuque, et le teint hâlé comme s'il passait ses journées au soleil. En fait, il avait l'air espagnol, ou italien. Et il semblait totalement fasciné par Vicky. D'ailleurs, il se mit à la photographier avec un plaisir évident. Et avec l'adresse de quelqu'un qui n'était pas un amateur. J'avais suffisamment vu mon père journaliste à l'œuvre pour reconnaître les gestes d'un pro.

Cédant à la curiosité, je lui demandai en bafouillant un peu :

– *You*... euh... *photographer ?*

Le jeune homme me jeta un coup d'œil perçant :

– Ah ! C'est donc toi, la Française ?

Surprise, j'acquiesçai d'un signe de tête :

– Comment tu sais que...

Une lueur amusée pétilla dans ses yeux. Des yeux couleur chocolat, frangés de longs cils noirs.

– Vicky m'avait prévenu de ton arrivée, m'apprit-il dans un français impeccable.

Au même instant, Vicky nous rejoignit. Son cheval s'ébroua tandis qu'elle échangeait quelques mots en anglais avec le jeune homme. Je ne compris rien – ils discutaient trop vite ! –, mais je devinai qu'ils se connaissaient bien. Plus que bien… Ils se regardaient avec complicité en se souriant comme s'ils étaient seuls au monde. « Ils sont amoureux », conclus-je en les contemplant discrètement. Eh bien ! Avec son allure de garçon manqué, Vicky avait décroché le gros lot ! Son copain était très beau... Une drôle de sensation m'envahit alors, quelque chose que je n'avais encore jamais éprouvé, comme une pointe de jalousie.

– *Jim, this is Lola*, déclara Vicky. Lola, Jim.

Je souris au jeune homme :

– Salut, Jim. Tu parles très bien français !

– Il le parle même couramment, intervint Vicky. Mais pas assez souvent à son goût D'ailleurs, attention, Lola : avec toi, il risque d'en profiter !

Sur ce, elle repartit vers le centre du manège. Jim se détourna pour la photographier de nouveau. Hé, j'aurais bien aimé savoir de quoi il profiterait, et pourquoi il la prenait ainsi en photo ! Et, d'abord, était-il photographe ? Tout à l'heure, il ne m'avait pas répondu…

EXTRAIT

Non sans impatience, je guettai le moment où je pourrais l'interroger. Cinq, dix, quinze minutes s'écoulèrent. Puis je finis par me rendre à l'évidence : inutile d'attendre, Jim n'avait d'yeux que pour Vicky. Je haussai légèrement les épaules et tournai les talons.

– *Bye, bye !* lançai-je, résignée à continuer de m'ennuyer.

– Un instant ! m'appela Jim.

Étonnée, je m'arrêtai :

– Oui ?

– Ne bouge pas…

À la vitesse de l'éclair, il braqua son objectif sur mes pieds. J'entendis le déclic de son appareil.

– *Thanks !* dit-il en levant le pouce comme s'il venait d'accomplir quelque chose d'exceptionnel.

Interdite, je baissai les yeux, examinai mes tongs en perles, mes orteils couverts de boue. Quoi ? C'était *ça* qu'il avait photographié ? Non, mais je rêvais ! De très mauvais goût, le gag !

EXTRAIT

Chapitre 3

J'attendis Vicky une heure environ, assise à l'entrée du club. De loin, je voyais Jim la photographier encore et encore. Puis il lui envoya un baiser du bout des doigts et s'en alla. En partant, il me fit un signe amical. Trop aimable !
Durant le trajet de retour, j'aurais bien aimé bavarder avec Vicky, mais ce ne fut pas possible : elle gardait une telle distance... dans tous les sens du terme ! Elle pédalait à toute allure, encore plus vite qu'à l'aller ! Au moins,

elle avait la pêche… Pas moi. La moquerie de son petit ami me laissait amère. Jamais je ne m'étais sentie aussi ridicule. Ni aussi seule.
Dès que nous fûmes chez Vicky, je me précipitai dans la salle de bains pour me laver les pieds. Après quoi, je gagnai ma chambre et allumai mon téléphone portable. Heureusement, Romane et mes parents m'avaient envoyé un message. Je fis défiler le texte sur l'écran de l'appareil :
« **Qwade9 ?** » me demandait Romane.
« **Ma chérie, tout va bien ?** » interrogeaient mes parents.
Je rédigeai une réponse groupée :
« **Palemoraldutout.** »
Malgré cela, pendant le déjeuner, je m'efforçai de faire comme si tout allait bien. Je discutai avec M. et Mme Walter – en anglais, s'il vous plaît ! –, avec Jenny, Steven… Mais très peu avec Vicky. Elle se comportait de nouveau comme si j'avais été invisible. Sitôt son dessert terminé, elle se leva de table et annonça qu'elle repartait au centre équestre. Sans doute y retrouverait-elle Jim.

EXTRAIT

– À ce soir ! lança-t-elle en évitant mon regard.

De mieux en mieux !

Mon désarroi devait se voir comme le nez au milieu de la figure, car Mme Walter me demanda, l'air désolée :

– Tu sais que Vicky prépare une importante compétition hippique ?

– Une… compétition ? Mais non !

– Ah bon ? s'étonna Mme Walter. Je pensais l'avoir dit à tes parents. Les épreuves ont lieu dans deux semaines, et ces derniers temps Vicky s'entraîne plusieurs heures par jour. Elle est préoccupée, et sûrement un peu nerveuse.

Je restai bouche bée. Un peu nerveuse, Vicky ? Cent pour cent stressée, oui ! Et pas du tout disponible pour moi. Normal ! Le pire, c'est que je ne montais même pas à cheval. J'en voulus encore plus à mes parents de m'avoir envoyée dans cette famille.

Cette deuxième journée s'écoula avec une lenteur exaspérante. Je visitai le village avec Jenny et Steven. Il n'y avait pas grand-chose à voir :

l'église, la mairie, le terrain de cricket, et les quelques commerces de la grand-rue : une supérette, un studio de photographe – la seule boutique intéressante, hélas fermée ! –, la pharmacie de M. Walter, une librairie-papeterie-poste-bureau de tabac, deux « pubs »... Mortel.

Un peu plus tard, mes parents me téléphonèrent, inquiets de ma réponse à leur message.

– Mais tu t'entends bien avec Victoria ? demanda ma mère.

– Pas trop, avouai-je.

– Allons, ne te décourage pas ! intervint mon père. Il faut un temps d'adaptation ! Les Walter sont de vieux amis, et...

– Vicky et moi, on n'a rien en commun, c'est tout ! l'interrompis-je avec colère. Et vous ne saviez pas qu'elle prépare un concours d'équitation ? En ce moment, il n'y a que ça qui compte pour elle !

Un silence s'établit au bout de la ligne.

– En effet, Mme Walter nous en a parlé, admit papa. Mais... où est le problème ?

Baissant la voix, j'expliquai ce qui se passait.

Un peu embarrassé, mon père me conseilla de faire preuve de patience. Merci ! Puis maman reprit le combiné :
– Écoute, Lola chérie, si ça ne va pas, tu reviens. Mais sache qu'en organisant ce séjour, on a pensé à ton bien ! À l'expérience que ça va t'apporter ! On t'aime… Tu nous manques !
– Vous aussi, vous me manquez, murmurai-je, au bord des larmes. Mais, franchement, vous auriez pu vous renseigner. Vicky est tout le temps occupée, et il n'y a rien à faire à Greenfield. C'est génial, quoi !
Mes parents me promirent que, si la situation ne s'améliorait pas, je pourrais rentrer plus tôt à Paris. Ouf ! Puis ils m'annoncèrent la nouvelle : à la dernière échographie, ils avaient appris que maman attendait une fille. J'aurais une petite sœur… Ça me remonta quand même le moral. Un peu.

***

À la fin de la première semaine, c'est tout

juste si je ne marquais pas chaque jour d'une croix, comme si j'étais en prison. Non seulement Vicky et moi, nous n'avions pas sympathisé, non seulement je me morfondais dans mon coin, mais, en plus, il pleuvait. Et il pleuvait. Et il faisait froid. Et humide. Bref, c'était l'automne au mois d'août. Mais cela n'empêchait pas Vicky de disparaître des heures entières au club d'équitation.

Sans moi, bien sûr.

Plutôt que de renouveler mon expérience désastreuse de la première fois, je préférais regarder la télévision, ou jouer au Monopoly avec Jenny et Steven. Au moins, je progressais en anglais !

Mme Walter – institutrice, et en vacances à ce moment-là – se trouvait finalement plus souvent à la maison que sa fille aînée. Elle dut bien constater que Vicky et moi n'étions jamais ensemble.

– Lola, *my dear*, comment vas-tu ? me demanda-t-elle d'un air soucieux le samedi matin.

EXTRAIT

Son petit déjeuner terminé, Vicky avait filé au centre équestre. Comme la veille, et l'avant-veille…

– Pas très bien, avouai-je avec franchise. Je ne monte pas à cheval, et Vicky…

Je m'interrompis, gênée. Mme Walter me sourit avec indulgence :

– Je comprends, tu sais. Sincèrement, je ne pensais pas que Vicky serait aussi accaparée par le concours qu'elle prépare.

Pour me changer les idées, elle m'emmena à Easthampon, la ville la plus proche. Enfin, une ville, comparée à Greenfield ! Vu le mauvais temps, et n'ayant emporté que des vêtements d'été, j'en profitai pour acheter des bottes en caoutchouc, un ciré et un chandail. Vive les vacances en Angleterre ! Mais, au moins, j'étais prête à affronter les intempéries du pays…

Cet après-midi-là, courageusement, je partis me promener dans Greenfield. Toute seule. Un fin crachin tombait, mais je n'y prêtais pas attention. « Je ne vais jamais tenir encore deux

semaines ici ! » ne cessai-je de me répéter. Je craquais déjà, malgré la gentillesse de Mme Walter.
Assaillie d'idées moroses, je marchais sans regarder où j'allais quand une voix masculine m'interpella en français :
– Salut, Lola !
Tournant la tête, j'aperçus un jeune homme sur le seuil du studio de photographe que j'avais remarqué l'autre jour. Mon cœur fit un bond dans ma poitrine : c'était l'ami de Vicky. Et il s'était rappelé mon nom ! Mais, moi aussi, je me souvenais du sien.
– Salut, Jim, fis-je en m'approchant.
Il m'adressa un sourire qui me fit chaud au cœur :
– Ça va ?
– Pas trop mal, oui…
Jim me scruta étrangement. Étaient-ce ses cils épais et sombres qui lui donnaient une expression aussi intense ? J'avais la sensation de ne plus pouvoir détacher mon regard du sien.
– Tu es toute seule ?

– Vicky est à son club, expliquai-je après une brève hésitation.
– Évidemment. Et tu ne montes pas à cheval ?
– Non.
– Dommage !
Une lueur admirative se refléta dans les yeux de Jim :
– Tu sais, Vicky est une championne. Elle s'entraîne pour une compétition très difficile, et…
À ce moment-là, un homme arriva. S'interrompant, Jim le salua puis le suivit dans le magasin. D'un signe amical, il m'invita à entrer :
– Tu as cinq minutes ?
– *Of course…*
Jim contourna le comptoir de la boutique. Il travaillait donc là ? Dans ce cas, je ne m'étais pas trompée : il devait être photographe !
Tandis que Jim s'occupait de son client, j'observai les rayonnages emplis de pellicules et de matériel divers. De vieux appareils photo étaient exposés dans une vitrine, de même que quelques photos encadrées. Soudain, j'écar-

quillai les yeux : parmi ces clichés, il y en avait un – un gros plan en noir et blanc –, qui représentait des pieds féminins chaussés de tongs, maculés de boue.

– Mais… ce sont mes pieds ! soufflai-je, abasourdie.

Stupéfaite, je regardai Jim. Il me lança un clin d'œil, puis acheva de servir son client.

– Je te dois une explication, je sais, déclara-t-il dès que nous fûmes de nouveau seuls. En ce moment, je prépare un concours…

– Sans blague ! Toi aussi ?

– Moi, mon domaine, c'est la photo, s'esclaffa-t-il, comprenant l'allusion.

– Oh, je ne m'en serais pas doutée, ironisai-je. Et…

Je lui désignai la photo de mes pieds :

– Tu trouves que ça, c'est digne d'un concours ? Tu trouves que c'est – comment dit-on ? – photogénique ?

Jim se mit à rire :

– Ce n'est pas ce qui est photogénique qui m'intéresse, mais ce qui est original. Et,

l'autre jour, avec tes petites chaussures de plage, tu étais plutôt très originale !
Sceptique, je le dévisageai en silence. Il plaisantait ? Apparemment pas.
– Moi, je me suis sentie plutôt très bête, marmonnai-je. Mais tout est une question de point de vue… C'est ce que ma mère répète toujours.
– Ah bon ?
– Oui, elle est illustratrice. Elle aussi, elle aime ce qui est bizarroïde. Elle adore dessiner des caricatures, par exemple.
Jim me considéra avec une attention singulière :
– J'ai dit que je m'intéresse à ce qui est original, pas bizarroïde ! Original, vivant…
– Comme, par exemple, Vicky en train de monter à cheval ?
– Pas vraiment. Les photos que je prends de Vicky sont destinées à son entraîneur et à sa famille. Mais, pour mon concours, je cherche des sujets qui sortent réellement de l'ordinaire.
L'air pensif, il ajouta :

– Si je gagne ce concours, j'obtiendrai une bourse pour étudier dans une des meilleures écoles d'art de Londres. Le problème, c'est que je ne sais plus trop quoi photographier. À moins que ce ne soit parce que je manque de temps…

– Tu… tu travailles ici tous les jours ? demandai-je, touchée par ces confidences.

Au fond, il était très sympa. Étonnant, mais sympa.

– Oui. Pendant l'été, précisa Jim. La boutique appartient à mon oncle Matt. En ce moment, il organise un safari photos au Kenya, le veinard !

Il hocha la tête en souriant de nouveau :

– En tout cas, je suis content de bavarder avec toi. Ça ne t'ennuie pas qu'on parle français ? J'en profite…

Je me remémorai soudain les paroles de Vicky : « Attention, avec toi, il va en profiter ! » C'était donc à cela qu'elle faisait allusion !

– Pas de problème, répondis-je en riant. Je

sais que je suis ici pour progresser en anglais, mais je suis un peu flemmarde... Cela dit, je trouve que ton français est parfait ! Tu n'as même pas une pointe d'accent.

Jim haussa les épaules :

– Merci. Mais je n'ai aucun mérite.

– Pourquoi ?

– Parce que... Oh, ce n'est pas important, murmura-t-il.

Pourtant, à son expression, je sentis que c'était exactement le contraire. Pourquoi ? Je ravalai ma question, ne voulant pas être indiscrète.

– Donc, si tu gagnes ton concours, tu auras une bourse d'études ?

En anglais ou en chinois, j'avais envie de continuer à discuter avec lui ! Au moins, on avait des choses à se dire. Et j'aimais bien son côté un peu excentrique. En plus, Jim était si beau... « Rappelle-toi qu'il est le copain de Vicky ! » me nargua alors une voix intérieure. Oh, je ne risquais pas de l'oublier !

EXTRAIT

Chapitre 4

– Oui, maman, ça va mieux. Ne t'inquiète pas. Je t'embrasse très fort !

En soupirant, je coupai la communication. Je n'avais pas expliqué à mes parents pourquoi, tout à coup, j'avais retrouvé le moral. C'était trop difficile à raconter… Trop personnel.

En fait, depuis trois jours, dès qu'il ne pleuvait plus – ou pas trop ! –, je sillonnais Greenfield et le voisinage à vélo. Ravie de me voir soudain si enthousiaste, Mme Walter avait suggéré

que Jenny et Steven m'accompagnent. J'avais accepté une fois, mais pas deux... Quand ils étaient loin de leur mère, les jumeaux ne cessaient de se chamailler. Or, j'avais besoin d'être tranquille pour mieux regarder autour de moi, au cas où...
Au cas où je découvrirais quelque chose d'original, d'insolite, digne d'être photographié... Jim manquait de temps pour préparer son concours ? Eh bien, moi, j'en avais à revendre ! Alors, sans rien lui dire, je m'étais mis en tête de l'aider. Dans un sens, j'avais l'habitude de ce genre de défi : parfois, lorsque ma mère était en panne d'inspiration pour dessiner, je lui cherchais des idées. Et souvent, coup de bol, j'en trouvais. Alors peut-être que, cette fois aussi... En tout cas, je me sentais drôlement motivée. Je n'avais confié à personne le motif de mes longues balades. J'aimais m'imaginer en mission secrète !
Mais, au bout de trois jours de pérégrinations, je n'avais toujours rien déniché d'intéressant. Rien en dehors des gargouilles de l'église de

Greenfield : des espèces de têtes de dragons joufflus, monstrueusement comiques. Bien sûr, mes escapades intriguaient Vicky. Lorsqu'on se retrouvait aux repas, elle me lançait des regards interrogateurs. Mais quand je lui souriais, prête à engager la conversation, elle se détournait. Bizarre ! Du coup, je ne lui avais pas dit que j'avais revu Jim. De toute manière, elle le savait probablement.

Le mercredi après-midi, je décidai de m'éloigner un peu plus de Greenfield. Un pâle soleil filtrait à travers les nuages, et une brise tiède, presque estivale, soufflait. Finalement, rouler sur des petites routes campagnardes possède un certain charme. Ce n'est pas comparable à une descente des Champs-Élysées en patinette, mais c'est mieux que de rester scotchée devant la télé !

Pédalant avec entrain, je parvins à un village qui s'appelait Hamlet. Comme le héros de la pièce de Shakespeare ! Plus tard, j'appris que le mot signifie aussi « hameau ». Tout juste : Hamlet se résumait à deux ou trois fermes, et cinq ou six

maisons. Alors que je traversais le village, deux gros chiens me regardèrent comme si j'avais été Alien, et se mirent à gronder. *Help !* J'accélérai de toutes mes forces…
Tout à coup, un éclat lumineux à droite attira mon regard. Tournant la tête, je vis un halo de soleil étrangement intense qui entourait la cime de hauts peupliers. Intriguée, je ralentis… et distinguai alors, un peu plus loin, derrière ces arbres, une imposante bâtisse : une sorte de vieux manoir entièrement recouvert d'une verdure touffue et dégoulinante comme des spaghettis géants…
– Je rêve ? murmurai-je en freinant brutalement.
Pendant un long moment, je scrutai cette maison qui semblait tout droit sortie d'un film fantastique : enchevêtré à des lianes, un épais feuillage – probablement du lierre –, dissimulait sa façade tout entière, même les fenêtres ! Incroyable ! Si je n'avais pas été seule, j'aurais été jeter un coup d'œil à l'intérieur…
Fascinée, je contemplai la maison encore

quelques instants, puis fis demi-tour et empruntai joyeusement le chemin du retour. « Je suis sûre que Jim trouvera cet endroit génial. Génial et vraiment original ! » pensai-je en pédalant. Pour la première fois depuis des jours et des jours, j'eus envie de chanter.

– LAA-LEEE-LIII…

J'entonnai des vocalises à gorge déployée. J'étais si contente ! Tellement contente de pouvoir – du moins, je l'espérais… – aider Jim. Pas une seule seconde, il ne me vint à l'esprit qu'il connaissait peut-être ce lieu extraordinaire. Au contraire, j'avais l'intime conviction qu'il ne l'avait jamais vu. Il était si bien caché ! Moi-même, je ne l'avais remarqué que grâce aux rayons du soleil qui m'avaient éblouie…

Ce ne fut que lorsque la voiture déboucha juste en face de moi que je me rendis compte que je roulais à droite de la route, comme en France. Un coup de klaxon retentit. Poussant un cri, je tentai de me rabattre sur la gauche, mais je dérapai.

La voiture pila dans un horrible grincement de

freins… et moi, je valsai sur l'asphalte.

***

– *Lola, are you all right?* Ça va ? s'assura Mme Walter pour la dixième fois en moins d'une heure.

Nous étions dans la salle de bains. Les traits crispés, elle achevait de me bander le poignet droit.

– Mais oui ! répétai-je en m'efforçant de sourire. J'ai eu plus de peur que de mal !

Très peur quand même… Mon escapade à vélo s'était terminée en catastrophe ! Après s'être assuré que je ne souffrais que de quelques égratignures sans gravité, l'automobiliste m'avait ramenée à Greenfield. La bicyclette avait été glissée dans le coffre ; une des jantes était tordue ; rien de grave.

– Tu avais oublié qu'ici, on conduit à gauche ! soupira Mme Walter. Évidemment…

– Ça ne risque plus de m'arriver, affirmai-je, penaude.

EXTRAIT

Tout ça parce que j'avais été trop distraite... Trop contente d'avoir découvert cette maison ! En y repensant, je sentis mon cœur battre plus vite. J'avais hâte d'en parler à Jim !

– Quelle heure est-il, s'il vous plaît ? demandai-je.

– Bientôt 5 heures. Vicky ne devrait pas tarder. Tant mieux. Il faut que je discute avec elle, conclut Mme Walter, soucieuse.

« Et moi, il faut que je voie Jim », me dis-je.

– Madame Walter, j'aimerais aller acheter quelque chose au village.

– Est-ce urgent ? *Darling*, tu ferais mieux de te reposer.

J'hésitai. Insister aurait été mal venu... Et je ne pouvais décemment pas avouer que je souhaitais retrouver Jim.

– Vous avez raison, murmurai-je, résignée. Ça peut attendre.

On gagna le salon, où Jenny et Steven regardaient la télévision. Leur mère leur fit baisser le son.

– Qu'est-ce qui t'est arrivé ? s'enquirent les

EXTRAIT

jumeaux d'une seule voix en fixant mon bandage.

– Je suis tombée de vélo, expliquai-je.

– Je vais préparer du thé, annonça Mme Walter.

Tandis qu'elle se dirigeait vers la cuisine, je chuchotai à l'adresse de Jenny et Steven :

– Je déteste le thé !

– *Really ?* Maman, Lola n'aime pas le thé ! annonça Jenny à tue-tête, comme s'il s'était agi d'un sacrilège.

Je ne pus retenir un éclat de rire. Je l'avais choquée ! En Angleterre, on se doit d'apprécier le breuvage national : c'est écrit dans tous les manuels...

Cœur Grenadine

301. MON DOUBLE ET MOI
302. LE SECRET DU ROCKER
303. UN GARÇON DANS LE DÉSERT
304. LA FILLE SUR LE PLONGEOIR
305. UN DUO D'ENFER
306. DESTINATION SYDNEY
307. ÉCHEC ET... MATHS
308. RÊVES D'HIVER
309. PETITE SŒUR
310. UN GOÛT D'ORAGE
311. UNE ANNÉE EN GRIS ET BLEU
312. EN ATTENDANT L'AUTOMNE
313. NE ME DITES JAMAIS « JE T'AIME »
314. MENTEUSE !
315. BLEU COMME LA NUIT
316. MUSIQUE À CŒUR
317. C'EST MOI QUI DÉCIDE
318. LE GARÇON QUE JE N'ATTENDAIS PAS
319. C'EST LE VENT, BETTY
320. NON, PAS LUI !
321. LE CAHIER D'AMOUR
322. MA VIE RÊVÉE
323. UN CARTON JAUNE POUR DEUX
324. LA JALOUSE
325. BONS BAISERS DE BRETAGNE
326. UN ÉTÉ ORAGEUX
327. AMOUR ET MENSONGES
328. SVEN ET MARIE
329. EMBRASSE-MOI !
330. COMME CHIEN ET CHAT
331. LA COURSE AU BONHEUR
332. LES AMOUREUX DU SQUARE
333. LE SECRET DE LÉA
334. LES FANTÔMES DU CŒUR
335. JE NE SUIS PAS EN SUCRE !
336. DERNIER ÉTÉ SUR L'ÎLE
337. CAP SUR L'AMOUR
338. PLONGEON EN SOL MAJEUR
339. DU CÔTÉ DES ÉTOILES
340. UN AMOUR D'ANGLAIS
341. DANSE AVEC MOI
342. DIS-MOI QUI TU AIMES
343. LA BALLADE DE SAMMY SONG
344. OBJECTIF AMOUR
(à paraître en avril 2002)

Impression réalisée sur CAMERON par

BRODARD & TAUPIN

GROUPE CPI

La Flèche

Imprimé en France

N° d'Éditeur : 7138 – N° d'impression : 11084